16	3	2	13
5	10	11	8
9	6	7	12
4	15	14	1

Clotilde Tavares

A BOTIJA

Xilogravuras de
Fabrício Lopez e Flávio Castellan

editora 34

EDITORA 34

Editora 34 Ltda.
Rua Hungria, 592 Jardim Europa CEP 01455-000
São Paulo - SP Brasil Tel/Fax (11) 3811-6777 www.editora34.com.br

Copyright © Editora 34 Ltda., 2006
A botija © Clotilde Tavares, 2006
Ilustrações © Fabrício Lopez e Flávio Castellan, 2006

A FOTOCÓPIA DE QUALQUER FOLHA DESTE LIVRO É ILEGAL E CONFIGURA UMA
APROPRIAÇÃO INDEVIDA DOS DIREITOS INTELECTUAIS E PATRIMONIAIS DO AUTOR.

Edição conforme o Acordo Ortográfico da Língua Portuguesa.

Capa, projeto gráfico e editoração eletrônica:
Bracher & Malta Produção Gráfica

Ilustrações:
Fabrício Lopez e Flávio Castellan

Revisão:
Fabrício Corsaletti
Marcela Vieira

1ª Edição - 2003 (A.S. Editores, Natal),
2ª Edição - 2006, 3ª Edição - 2009 (2ª Reimpressão - 2014)

CIP - Brasil. Catalogação-na-Fonte
(Sindicato Nacional dos Editores de Livros, RJ, Brasil)

Tavares, Clotilde
T229b   A botija / Clotilde Tavares; xilogravuras
de Fabrício Lopez e Flávio Castellan — São Paulo:
Editora 34, 2009 (3ª Edição).
192 p. (Coleção Infanto-Juvenil)

ISBN 978-85-7326-342-8

      1. Literatura infanto-juvenil - Brasil.
I. Título. II. Série.

CDD - 869.8B

A BOTIJA

1. Porteira Roxa 11
2. Em busca do sonho 17
3. O feiticeiro 23
4. Gipsy, a cigana 29
5. A história de Eulália 33
6. As tarefas impossíveis 39
7. A fuga 47
8. A maldição 51
9. Uma história de amor verdadeiro 57
10. A viagem 63
11. De volta para casa 69
12. Evangelista na Grécia 77
13. A ideia 81
14. O plano 87
15. O pavão 93
16. A primeira viagem do pavão 101
17. A fúria do Conde 107
18. A segunda viagem do pavão 111
19. O plano do Conde 113
20. A terceira viagem do pavão 115
21. O despertar de Creuza 119
22. A prisão 121
23. A fuga dos amantes 125
24. O casamento 133

25. Fim da história 137
26. O carro de fogo 141
27. A cidade dos rios e das pontes 147
28. A tabacaria Flor de Maio 151
29. Na delegacia 159
30. O final 169

Ao leitor 174
O que é literatura de cordel? 176
Bibliografia recomendada 184
O que é xilogravura? 186

A BOTIJA

Este livro é dedicado a

Severina de João Congo,
Dona Maria Preta e
Dona Cleuza, minha mãe,
contadeiras de histórias da minha infância;

José Camelo de Melo Rezende,
autor do folheto de cordel
O pavão misterioso;

e Dioniso, deus do Teatro,
que permitiu que a cigana Gipsy
brotasse do meu coração.

1.
PORTEIRA ROXA

Era uma vez um homem por nome Pedro Firmo, que vivia numa fazenda de gado no interior de Minas Gerais. Calado, de pouca conversa, baixo, moreno, era criatura de muito pouco riso, um solitário. Havia inteirado os cinquenta anos de idade e nunca tinha se casado, nem tinha filhos. Talvez o fato de não saber da sua origem imprimira na sua personalidade a marca da solidão.

Pedro Firmo tinha chegado a essa fazenda ainda menino, sem eira nem beira, muito pequenino, e ninguém sabia de onde ele vinha, nem quem era seu pai ou sua mãe. Ali chegou junto com uns comboieiros, numa tropa de burros, e mesmo esses homens não sabiam direito onde e quando o garoto tinha começado a andar com eles. Dele só se sabia o nome: Pedro Firmo. E esse menino foi ficando por ali, se encostando, vivendo como cria da fazenda.

Era uma grande fazenda, muito vasta, muito bonita, com milhares de cabeças de gado. Na sua porteira principal tinham crescido dois gigantescos pés de ipê-roxo, cujos ramos se entrelaçavam no alto. Quando os ipês floriam, era uma beleza de se ver, e por isso a fazenda era chamada de Porteira Roxa. Ali Pedro Firmo se criou e aprendeu o ofício de seleiro. Era ele quem fabricava todas as selas, arreios, e tudo que era feito de couro e que era usado na fazenda.

Todo dia de manhã, Pedro Firmo colocava seu material do lado de fora de um grande barracão que havia por trás da casa-grande, e ali passava o dia trabalhando, cortando, costurando, pregando, ponteando couro. Quando chegava a noite, ele guardava suas coisas no barracão, pois era ali que morava. Depois de ir até a cozinha da casa-grande comer alguma coisa e de pitar seu cigarrinho de palha mirando as estrelas, ele se recolhia e se deitava numa cama de couro que ele mesmo tinha feito, a um canto do barracão.

Era nesse lugar que se guardava todo o material de couro da fazenda. Selas e arreios de todos os tipos, além de gibões, perneiras, guarda-peitos, chapéus, mantas, botas, bandoleiras, luvas, sandálias, coletes, joelheiras, guarda-pés, alpercatas, botinas, e tudo o mais que era usado pelo vaqueiro para se defender do espinho; e mais relhos, chicotes, alforjes, rebenques, bainhas de faca, bornais, tamboretes e até camas, tudo feito de couro, tudo armazenado ali, tudo uns por cima dos outros, coisas muito velhas misturadas com objetos mais novos, tudo em desordem. Como a fazenda era antiga, e o bar-

racão enorme, ainda se podia encontrar pelos cantos, cobertas de poeira, selas de formatos e modelos muito antigos, como silhões próprios para mulheres, nos quais elas podiam montar de lado e de vestido. O barracão à noite era escuro, mas o cheiro do couro era familiar a Pedro Firmo, afinal, era ali que ele vivia desde criança. Já estava acostumado e toda noite, apenas tocava a cabeça no travesseiro, adormecia de um sono pesado, somente acordando no outro dia, quando os passarinhos começavam a cantar ao nascer do sol.

Mas Pedro Firmo tinha um sonho. Desde rapazinho, ele sonhava com Recife, que era uma cidade que ele só conhecia de ouvir falar, já que nunca tinha saído de Minas Gerais. Ele sonhava que em Recife havia um grande rio, que cortava a cidade, e era atravessado por muitas pontes. Uma dessas pontes era toda feita de ferro, e Pedro Firmo se via caminhando por essa ponte que terminava numa rua. A segunda casa à direita de quem vinha da ponte era uma tabacaria. E Pedro Firmo sabia, no sonho, que logo depois da sala da frente onde funcionava a loja havia um corredor que desembocava numa sala de jantar, e que na passagem do corredor para a sala de jantar havia um tesouro enterrado, uma botija, com uma grande quantidade de moedas de ouro, e que esse ouro era dele, Pedro Firmo, e estava ali há muitos anos somente esperando que ele fosse apanhá-lo.

Uma noite de lua cheia, enquanto pitava seu cigarro fazendo hora antes de se deitar, começou a tomar forma no seu pensamento uma ideia que já vinha lhe espicaçando há meses. Seria esse sonho um aviso? Por que teimava em se repetir, não todas as noites, mas mesmo assim com frequência suficiente para lhe chamar atenção? Como poderia saber se esse sonho tinha ou não qualquer coisa de real? Por que não esclarecer de uma vez por todas essa história? Afinal, já estava com quase cinquenta anos de idade. Não tinha mulher, nem filhos, nem família. Toda a sua vida tinha sido passada ali, na mesma rotina, trabalhando o couro e ruminando sua solidão. O que tinha a perder? Tinha economias, tinha tempo, tinha um sonho. E então, sem dizer a ninguém o que ia fazer, informando apenas ao fazendeiro que iria se ausentar por algumas semanas, Pedro Firmo comprou uma passagem de trem para Recife.

2.
EM BUSCA DO SONHO

A ferrovia se estirava, cortando o chão de Minas Gerais, subindo para o Norte, em busca da Bahia, e depois de Alagoas e Pernambuco. O trem, no seu chaco-chaco monótono, parecia um embuá gigante, comendo trilhos e dormentes, numa fome apressada e sem limites.

Pedro Firmo, sentado ereto no banco de madeira, sequer se dava conta da paisagem variada da região que passava diante da janela do vagão. Serras, chapadas, pastagens, capões de mato, campos e terras cultivadas, tudo isso desfilou diante do seleiro que olhava sem ver, vislumbrando na sua frente apenas o refulgir das moedas de ouro que estavam longe, mas guardadas à sua espera.

A paisagem das gerais começava a dar lugar à caatinga e já se viam os juazeiros, aroeiras, quixabeiras, xique-xiques, facheiros, mandacarus... Haviam cruzado o São Francisco e penetrado no estado de Alagoas quando o tempo mudou e começou a chover.

As portas do céu se abriram e um temporal começou a cair, escurecendo o mundo. Os riachos encheram, tomaram ímpeto, transbordaram e saíram levando de ei-

to tudo que encontravam pela frente. E logo mais o trem foi obrigado a parar, pois um desmoronamento havia obstruído a linha.

Quando Pedro Firmo viu aquilo, ficou muito contrariado. Ele sempre tinha sido um homem muito calmo, muito paciente. Mas desde que tinha começado essa viagem, se via tomado de uma ansiedade, de uma urgência, como se o ouro que nos seus sonhos estava escondido há tantos anos, talvez séculos, fosse se desfazer em pó de uma hora para outra. E isso, agora! Quando já estava tão próximo, prestes a encontrar aquilo que buscava, essa interrupção. Era como se houvesse algo conspirando para atrasá-lo.

Pedro Firmo decidiu chegar o mais rápido possível a Recife, e a qualquer custo. Mas como fazer? Observou então que eram muitos os curiosos à beira da via férrea, olhando o desmoronamento. Conversa daqui, conversa dali, Pedro Firmo entabulou negócio com um dos homens, que lhe ofereceu um cavalo. Comprou sem nem discutir o preço, esporeou o animal e saiu a galope, indo na direção que o homem havia lhe indicado, cortando caminho por dentro da caatinga, para alcançar a primeira cidade e de lá prosseguir na direção de Recife e do seu sonho.

Depois de cavalgar por umas duas horas, atravessando uma região muito deserta, um marimbondo es-

pantou o cavalo, que empinou, jogou o cavaleiro ao chão e saiu em disparada, deixando-o tonto e aturdido pela queda. Quando se viu sozinho em meio àquele deserto, Pedro Firmo ficou desesperado, mas como não lhe restava mais nenhuma alternativa a não ser andar, foi isso que ele fez. E andou na direção do norte: era lá que ficava Recife, era lá que ficava o seu sonho. Quando a noite caiu e a escuridão desceu sobre a caatinga, Pedro Firmo começou a ficar preocupado. Onde iria passar a noite, sem comida, sem água, sem fogo? E enquanto pensava nisso, viu ao longe uma luz. Apressado, para lá se dirigiu.

3.
O FEITICEIRO

A luz vinha de uma fogueira acesa debaixo de uma grande árvore, onde um velho alto e muito magro preparava uma panela de rubacão. O cheiro era delicioso, e Pedro Firmo aproximou-se, um pouco temeroso, mas estava com tanta fome e tão feliz por ter encontrado alguém que resolveu deixar a cautela de lado. Cumprimentou, disse quem era, falou que o cavalo tinha fugido, e que estava perdido sem saber que direção tomar. O velho mandou que ele se aproximasse, e como a comida estava pronta, convidou-o a jantar com ele. Comeram em silêncio, tomaram café, acenderam os cigarros. E o velho então falou:

— Quer dizer que o senhor está perdido?

— Sim, estou — Pedro Firmo respondeu.

— E certamente quer encontrar o seu caminho, e precisa de uma montaria.

— É, é isso mesmo.

— Pois eu posso lhe arranjar uma montaria veloz, comida, água, e lhe botar no caminho de Recife.

Pedro Firmo levantou-se de um salto.

— Mas é isso mesmo que eu quero! O senhor pode mesmo fazer isso? Pago o que o senhor quiser!

O velho riu.

— Não, eu não quero dinheiro. Pode guardar seu dinheiro pois ele de nada me serve na situação em que me encontro agora. — Olhou Pedro Firmo de alto a baixo. — Eu quero é que o senhor faça uma coisa para mim.

— É só dizer o que é. Se estiver ao meu alcance...

— Está sim. Está ao alcance do senhor.

— Pois então diga, homem de Deus.

O velho estirou as pernas, colocou mais lenha na fogueira, e olhou demoradamente para Pedro Firmo, como se estivesse avaliando a sua capacidade.

— Eu quero que o amigo amanhã logo cedo vá a uma cidadezinha que tem aqui perto. Amanhã é sábado, dia de feira, e quero que o senhor faça de conta que é um contador de histórias e conte uma história ao povo que vai se reunir para lhe escutar. Essa história tem que ser sobre um amor, mas não é qualquer amor: é amor verdadeiro, daquele que não recua diante de nada.

— Como assim?

Sem se importar com a interrupção de Pedro Firmo, o velho continuou:

— No meio dessas pessoas, vai estar um rapaz por nome Flaviano, muito fácil de reconhecer porque ele tem

um cabelo tão vermelho que parece fogo. Esse rapaz precisa ouvir essa história para que lhe volte a lembrança de uma moça que ele esqueceu um dia.

Pedro Firmo interrompeu novamente.

— Eu não estou entendendo nada.

O velho acalmou-o com um gesto.

— Vai entender. Como eu ia dizendo, essa moça de quem falei é minha filha. O rapaz, o tal de Flaviano, lhe prometeu casamento e não cumpriu, mas por minha culpa. Eu explico: como me desagradava o casamento, lancei um feitiço para ele se esquecer dela. Quando isso aconteceu, ela, para se vingar, me lançou de volta um encantamento que me prendeu embaixo desta árvore, de onde eu não posso sair até que o rapaz volte a se lembrar dela.

Pedro Firmo continuava sem entender nada, mas não tinha escolha.

— Está certo. O que é preciso fazer?

O velho aproximou-se.

— Olhe: esse rapaz só vai conseguir se lembrar da minha filha se ele escutar uma história que fale de um amor sincero, verdadeiro, mas tão sincero e tão verdadeiro que ultrapasse todas as barreiras.

— Sim, mas e daí?

— Tenha calma. Preste atenção. Toda semana esse moço vai à feira dessa cidadezinha aqui perto. Então eu quero que o senhor vá nessa feira, procure ele e conte para ele uma história assim.

— Mas, criatura, eu não sou um contador de histórias!

— Disso eu sei, mas é o único jeito do senhor arranjar sua montaria e seguir viagem. Amanhã é sábado. Assim que surgir a madrugada, o senhor anda uns dois quilômetros naquela direção que encontra o vilarejo. Daí por diante é com o senhor.

— Sim, mas que história é essa desse casamento, dessa sua filha com esse rapaz?

— Ah, é uma história muito comprida e já é tarde. O amigo não precisa saber do que se trata. Basta fazer o que eu digo: ir até à feira amanhã e contar...

— Já sei, já sei — interrompeu-o Pedro Firmo. — Contar uma história de amor verdadeiro...

— ... ao tal rapaz de cabelo vermelho! — completou o velho. — E não precisa saber mais de nada. Quando o senhor voltar, vai encontrar sua montaria, comida e água. — Estirou-se na manta em que estava sentado, colocou os pés junto do fogo e, com um gesto, convidou Pedro Firmo a fazer o mesmo. — E vamos dormir que já é tarde. Boa noite.

— Boa noite — respondeu Pedro Firmo, intrigado com essa história cheia de mistério e confusão. Mas como era muito tarde e ele estava cansado, logo adormeceu.

4.
GIPSY, A CIGANA

Quando os passarinhos começaram a cantar ele acordou, requentou o café que tinha sobrado da véspera e depois de tomá-lo se dirigiu para a cidadezinha, deixando o velho ainda embrulhado na manta, cochilando. Ia pensando, matutando, procurando um jeito que fosse de resolver o problema. De qualquer maneira, era preciso procurar o rapaz de cabelo vermelho e lhe contar essa história, porque assim ele lembrava da moça, que retirava a praga de cima do pai, que por sua vez lhe daria o cavalo e a direção de Recife. Mas como? Ele não sabia de nenhuma história assim, e mesmo se soubesse como iria contar essa história a um rapaz desconhecido, que ele nunca tinha visto mais gordo? E já ia avistando ao longe a torre da igreja da cidadezinha quando escutou passos ao seu lado.

Emparelhou com ele uma mulher, pequena, de andar macio como um gato, vestida de maneira singular. Usava uma blusa de mangas compridas e fofas que trazia um sol amarelo com raios de várias cores pintado no peito. A saia era feita de retalhos de todo tipo de tecido e já estava bem gasta e usada, como mostrava a bainha desfiada que ia até o cano das botas baixas, feitas com o que parecia ser um couro muito macio. Na cabeça, um turbante enfeitado com pedras baratas e coloridas e grandes brincos nas orelhas lhe davam uma ar oriental e exótico. As mãos eram pequeninas, de unhas redondas e vermelhas, mas o que mais chamava a atenção na personagem era o rosto. Os olhos escuros e amendoados pareciam ler a mente de quem os encarava mas tinham um certo brilho matreiro e moleque, combinando com a boca larga, carnuda, sorridente, mostrando dentes talvez um pouco grandes, mas alvos e regulares.

Com seu passo macio e dançante, andou alguns metros ao lado de Pedro Firmo e depois de olhá-lo divertida por um momento, saudou:

— Bom dia, Pedro Firmo. E então, já sabes que história vais contar ao moço?

— Quem é a senhora? — perguntou ele, espantado.

— E como sabe quem eu sou, e o que vou fazer na cidadezinha?

— Calma com tantas perguntas. Eu sou Gipsy, a cigana.

— Sim, mas como sabe tanta coisa a meu respeito?

— Ora, Pedro Firmo. Então não estamos metidos, eu e tu, no meio de um romance de prodígios? Numa comédia amorosa de engenho e aventuras? Pois eu estou

aqui para te ajudar. Sei que precisas contar uma história. Pois eu vou contar essa história no meio da feira, onde todos irão me escutar, inclusive o tal rapaz por quem a filha do feiticeiro suspira. A moça poderá então reencontrar seu amor, o velho voltará para a sua casa e tu, Pedro Firmo, poderás ir para Recife, em busca do teu sonho.

— E posso saber por que é que a senhora vai fazer isso por mim? O que é que quer em troca?

A cigana riu.

— Eu? Eu não quero nada. A minha função nessa história é somente essa. Ajeitar a trama quando ela está muito enrolada, muito enovelada. Mas a gente ainda tem uma boa estrada pela frente. Eu vou aproveitar e te contar, tim-tim por tim-tim, a história do velho e da sua filha Eulália. Assim ajuda a encurtar o caminho, tu não achas?

Pedro Firmo sentiu a curiosidade aguçada.

— Acho, sim — disse ele. — A senhora vá contando daí, que eu vou escutando daqui.

5.
A HISTÓRIA DE EULÁLIA

Gipsy então falou:

— Eu vou te contar a história dessa moça, de como ela se apaixonou contra a vontade do pai e de como tudo isso deu errado de um tal jeito que até hoje está difícil de desembaraçar. Pois bem: esse velho era um homem de muito poder, de muita sabedoria. Ele dominava conhecimentos secretos sobre a natureza, o valor das ervas, das poções, da cura. Sabia ler o futuro pelas linhas da mão e era capaz de prever se ia ou não haver inverno apenas observando os hábitos das formigas e as horas em que os passarinhos cantavam pela manhã. Conhecia tudo sobre os equinócios e solstícios, e sobre as três partes em que se divide o tempo. Sabia em detalhes sobre os quatro elementos, os onze céus, as sete estrelas errantes e os números áureos. Graças a toda essa sabedoria era rico, muito rico, mas possuía também uma ambição desmedida, cada vez mais sedenta de riqueza e poder.

Esse velho tinha uma filha, uma moça muito bonita e tremendamente inteligente. Chamava-se Eulália e seu

pai resolveu que ela jamais se casaria, pois o seu destino seria receber toda a sabedoria acumulada por ele e vir a se tornar a mulher mais poderosa e mais sábia da região, e com isso acumular muito dinheiro, terras e rebanhos.

Desde pequenina, Eulália fora obrigada a aprender tudo que o velho sabia. Ele a ensinara dia e noite, e a pobrezinha mal tivera tempo de brincar com suas bonecas, tantas eram as coisas que tinha de aprender. Por isso criara-se assim uma menina muito séria, muito calada e também muito triste. Ela sabia que o pai já tinha traçado o seu destino, e que não podia casar.

Quando Eulália completou dezoito anos, já dominava muitos conhecimentos mágicos e o seu poder era quase igual ao do pai. O velho vivia com muito cuidado para que a filha não o suplantasse nas artes ocultas porque sabia o perigo que representava uma mulher, quando ela descobria como unir sua intuição natural ao conhecimento aprendido.

Um dia, caminhando pela fazenda, Eulália ouviu um barulho, uma gritaria, uma voz pedindo socorro perto do rio. Ao chegar à margem, viu que havia um homem se afogando, sendo levado pela correnteza. Ela não pensou duas vezes e pulou dentro da água para salvá-lo. Depois de muito lutar contra a força da corrente conseguiu tirar o homem para a margem e ficaram os dois, molha-

dos e cansados, enquanto o sol do meio-dia batia neles. Eulália viu os olhos verdes do rapaz e se apaixonou por ele, e naquele instante soube que jamais poderia viver como o pai queria, celibatária, dedicada somente às artes mágicas. O rapaz, que era um dos muitos empregados da fazenda, também viu diante de si aquela mulher alta e bela, forte e corajosa, e retribuiu a paixão que já via nascer nos olhos dela.

Começaram então a namorar escondido, buscando um jeito de fugir dali sem o velho saber, pois não convinha despertar a sua ira. Mas o velho começou a desconfiar. Via a filha se esgueirando pelos cantos, com olhos de quem está fazendo algo proibido. E como o rapaz também passou a andar por ali furtivamente, o velho desconfiou de que havia algo entre os dois. Ele não era bobo e sabia que amor contrariado cresce mais do que florzinha-de-chanana depois que cai a primeira chuva. Decidiu então que seria mais fácil resolver o caso se fizesse de conta que não sabia de nada e se concentrasse em eliminar o rapaz.

6.
AS TAREFAS IMPOSSÍVEIS

Um dia, Eulália encontrou o rapaz chorando.

— Mas o que é que tu tens? — perguntou a moça. — Por que estás chorando desse jeito?

Ele respondeu:

— E não é para chorar? Sabes aquela mata ali embaixo, depois da curva do rio? Pois teu pai disse que ia até a vila resolver uns negócios e que quando voltasse à noite queria encontrar a mata roçada, a cana plantada e a rapadura feita dessa cana já pronta e encaixotada para vender. Disse mais: que se eu não desse conta do serviço ele mandava me matar. Ai, meu Deus do céu! Ai, minha Nossa Senhora! Teu pai vai me matar!

A moça riu da aflição dele, e disse:

— Vem cá, vem. Deita a cabeça aqui no meu colo, para eu te fazer um cafuné.

O rapaz deitou a cabeça no colo dela e ela começou a dar cafuné, a dar cheiro nele, a fazer carinho, até que ele adormeceu. Aí, ela começou a cantar uma canção.

Eu quero a mata roçada
Camumbiraê, Camumbiraá
Eu quero a cana plantada
Camumbiraê, Camumbiraá
Quero a cana bem crescida
Camumbiraê, Camumbiraá
Quero a cana bem cortada
Camumbiraê, Camumbiraá
Eu quero a cana moída
Camumbiraê, Camumbiraá
Depois fervida a garapa
Camumbiraê, Camumbiraá
Quero rapadura feita
Camumbiarê, Camumbiraá
Em fardos encaixotada
Camumbiarê, Camumbiraá

E enquanto ela cantava, por força da sua poderosa magia as tarefas iam sendo feitas como por uma mão invisível, e mais tarde, quando o rapaz acordou, a rapadura estava toda arrumadinha em fardos e encaixotada, pronta para ser vendida. Ele ficou muito feliz e beijou muito a moça por causa disso.

De noite, quando o velho chegou, ficou irado, cheio de raiva, certo de que ali havia o dedo de Eulália. Mas resolveu colocá-la à prova outra vez.

No outro dia, Eulália encontrou novamente o rapaz chorando.

— Não me diga que foi meu pai de novo!

— Foi sim — respondeu o rapaz. — Teu pai agora quer que eu bote abaixo aquele capoeirão de mato que tem lá no pé da serra, que plante algodão, que colha, que fie e que fabrique doze dúzias de sacos para ele ensacar o feijão. E tudo isso para hoje de noite! Ai, minha Nossa Senhora, é agora que eu me acabo mesmo... Ai, meu Deus do Céu!... Ai, ai, ai...

E chorava, desesperado.

— Vem, vem cá — disse a moça. — Senta aqui. Deita a cabeça no meu colo e sossega. Fecha os os olhos, que eu quero te fazer um cafuné, um carinho gostoso. Vem...

O rapaz deitou a cabeça no colo dela. Fazia calor, e naquele canto da varanda onde a moça estava sentada com o rapaz corria uma aragem fresca, uma brisa muito suave. E o rapaz foi sossegando, sossegando, até que adormeceu. Aí a moça começou a cantar:

Eu quero o mato roçado
Camumbiarê, Camumbiraá
Eu quero o algodão plantado
Camumbiarê, Camumbiraá
Quero o algodão colhido

Camumbiarê, Camumbiraá
Quero o fio bem fiado
Camumbiarê, Camumbiraá
Quero o pano bem tecido
Camumbiarê, Camumbiraá
Quero o saco costurado
Camumbiarê, Camumbiraá

Novamente o rapaz se surpreendeu com a força e os poderes mágicos de Eulália, pois quando acordou toda a tarefa estava feita, e melhor ainda do que se tivesse sido feita por mãos humanas.

O velho, porém, não esperava por essa. A tarefa proposta ao jovem tinha sido tão grande, tão enorme, que ele não acreditava que pudesse ser resolvida, mesmo pelo poder da magia. E começou a pensar em uma tarefa maior ainda, mas tão formidável que pudesse vencer o poder e o engenho da filha.

Enquanto o velho maquinava a sua armadilha, o amor dos dois crescia. Continuando com os encontros às escondidas, cada vez mais se enredavam na teia de carinhos um do outro. Eulália, sem mãe desde criança, era carente de agrados e ternura, apesar dos grandes poderes que tinha, e o rapaz, mesmo medroso e frouxo, era bonito, jovem, carinhoso, e sabia agradar a uma mulher. E foram se perdendo e se encontrando um no outro de tal maneira que um pensava o que o outro pensava, um queria o que o outro queria e o calor do corpo de um já era a quentura do corpo do outro, misturados e consumidos pela fogueira da paixão.

Alguns dias depois, o velho chamou o rapaz.

— Olhe aqui, meu rapaz. Eu vou sair e só chego de noite com uns convidados. Então eu quero que eles tenham uma vista bonita, uma paisagem para eles descansarem os olhos. Você está vendo aquela lagoa lá embaixo? Aquele pau cheio de juncos, de lama podre, de sapos? Pois eu quero aquilo tudo esgotado, aterrado, plantado um jardim, cheio de flores e de passarinhos, e quero mais um carrossel de cavalinhos com muitas crianças brincando e um realejo tocando. E vá selar meu cavalo que eu quero sair já, já.

Quando o velho saiu, o rapaz ficou tão desesperado que não conseguia nem chorar. Vendo que era impossível cumprir essa tarefa, sem saber o que fazer, resolveu dar cabo da vida. Foi no telheiro e pegou uma corda forte, deu nela um laço corredio e, quando estava olhando para o alto procurando um caibro nutrido onde pudesse pendurar o laço para depois passá-lo no pescoço e se enforcar, a moça apareceu.

— Mas o que é que tu tens, meu bem? Por que esse desespero? — Olhou para a mão dele e viu o laço, recuando, assustada. — E essa corda? Ai, meu Deus, mas tu estás pensando em te matar? Mas, meus amores, tu não vês que assim eu também morro? Que a tua vida é a minha vida?

— A culpa é do teu pai, que me incumbiu de uma tarefa mais difícil de que as outras!

— Mas meu pé de bugari, tu não sabes que meu pai faz essas coisas para nos separar? E tu não sabes também que é só deixar por minha conta que eu resolvo?

Tomou a corda da mão dele e atirou-a para um canto, com desprezo.

— Chega, meu bem. Deita aqui a cabeça no meu colo que eu vou te fazer um cafuné bem gostoso...

Os dois sentaram debaixo do grande e copado cajueiro que havia no terreiro da fazenda. O rapaz deitou a cabeça no colo dela, e ela começou a fazer cafuné nele, e dava cheiro nele, e ele dava cheiro nela, e como estava fazendo muito calor ela desabotoou a blusa e o rapaz começou a dar cheiro naquele colo quente e macio dela, e foi indo, foi indo até que pegou no sono. Aí ela começou a cantar:

> *Eu quero o lago esgotado*
> *Camumbiarê, Camumbiraá*
> *Eu quero o chão aterrado*
> *Camumbiarê, Camumbiraá...*

O rapaz então se mexeu, e como o aconchego era gostoso, ela parou de cantar e pegou a dar cheiro nele outra vez. E cheiro vai, cheiro vem, começaram a se beijar, e ficaram os dois namorando debaixo do cajueiro até que pegaram no sono. Quando acordaram era quase de noite e já se via na curva do caminho a poeira do cavalo do velho que vinha voltando. O serviço não tinha sido feito e os dois amantes ficaram então à espera do velho, trêmulos de medo.

Quando o cavalo parou, o velho desceu de um salto e veio se aproximando dos dois. Olhou ao longe e constatou que a tarefa não havia sido cumprida. Encarou a moça, encarou o rapaz e sorriu com maldade.

— Então é assim que o senhor faz o serviço que eu mandei? — disse, dirigindo-se ao rapaz. Olhou então para a filha. — E a senhora, por que está tão desconfiada?

Os dois permaneceram em silêncio. O velho temperou a garganta.

— Eu vou me deitar. Vou descansar. E a senhora — olhou para a filha, com um olhar terrível — ponha dois tachos de água bem cheios para ferver. Quando estiver fervendo, me chame, que um é para lhe matar queimada e o outro é para matar esse infeliz queimado. Corra, vá!

7.
A FUGA

O velho entrou para o quarto, deitou-se na rede e só se ouvia o rangido da rede balançando. A moça então fez um fogo muito alto, pegou os dois tachos de água e botou para ferver, mas enquanto a água ia esquentando, ela armou um plano de fuga. Mandou o rapaz ir na cocheira e arrear dois cavalos para fugirem. Enquanto isso ela foi trocar de vestido e, antes de sair, cuspiu três vezes na trempe do fogão.

O rapaz já estava lá fora esperando com os cavalos; montaram e foram embora a galope. Lá para as tantas o velho, que continuava se balançando na rede, perguntou:

— Eulália! Já botou a água para ferver?

Aí o cuspe respondeu:

— Já botei, senhor meu pai. Já botei os dois tachos conforme o senhor mandou — e quando acabou de falar o cuspe chiou e foi consumido pelo fogo.

Enquanto isso, o casal prosseguia na sua fuga. E por mais duas vezes, o velho perguntou à moça se a água estava pronta, se estava fervendo, se estava bem quen-

te, e o cuspe respondia pela moça, para logo em seguida chiar e se consumir. Da quarta vez, como não tinha mais cuspe para responder, o velho ficou sem resposta. Levantou-se da rede desconfiado e, quando chegou na cozinha, viu a água fervendo mas não viu ninguém. Correu para a cocheira e deu por falta dos cavalos. A raiva foi tamanha que ele ficou descontrolado, vermelho, mas assim mesmo montou e saiu em perseguição dos amantes.

Depois de galopar muitas horas avistou ao longe os fugitivos. A moça olhou para trás e viu ao longe o cavalo do velho. Quando o pai já os ia alcançando enfiou a mão no bolso do vestido e jogou no ar um punhado de alfinetes. Os alfinetes se transformaram em uma enorme moita de espinhos e o velho ficou todo enredado nela, picou-se todo, furou-se todo, e passou muito tempo para se desembaraçar. Mas conseguiu, e reiniciou a perseguição. Quando chegou na dobra de uma serra avistou os fujões lá embaixo e quando estava quase os alcançando, novamente a moça enfiou a mão no bolso do vestido e jogou para trás um punhado de sal. Então surgiu uma grande lagoa, muito fria e muito profunda, que deu muito trabalho ao velho para atravessá-la. Mesmo assim ele conseguiu, mas quando já ia alcançando novamente os fugitivos, a moça enfiou a mão no bolso do vestido pela terceira vez e atirou para trás um punhado de cinza que se transformou num nevoeiro impenetrável. A dificuldade foi tanta, e o velho ficou tão desorientado dentro deste nevoeiro, que quando conseguiu sair a moça e o rapaz já estavam em terras da família dele, e lá a sua magia não fazia efeito.

8.
A MALDIÇÃO

O velho ficou possesso de raiva quando descobriu que a moça tinha escapado.

— Filha maldita! É isso que recebo depois de tudo que fiz por ela. Todos os meus conhecimentos, toda a minha magia, tudo o que eu sabia lhe transmiti, e ela agora se volta contra mim. Mas não tem nada não. Ela vai me pagar.

Parou onde estava, plantou bem os pés no chão e lançou uma maldição, em voz baixa e concentrada.

— Onde estiveres, maldita, escuta bem: esse homem vai esquecer de ti, vai esquecer tão completamente como se nunca tivesse te conhecido! Essa é a minha maldição!

Nessa mesma hora, a moça ia chegando com o rapaz nas terras da família dele, e Eulália estava muito feliz, pois finalmente tinha se livrado da tirania do pai. Apearam do cavalo, e o moço falou:

— Agora que estamos nas minhas terras, eu queria te pedir uma coisa.

— Fala, meu bem — a moça respondeu.

O rapaz continuou:

— Olha, eu não tenho pai e a minha mãe foi quem criou todos nós. É uma mulher muito forte, muito corajosa, mas é muito ciumenta dos filhos que tem e todos são homens. Pois bem. Eu preciso ir na frente, sozinho, para preparar o espírito dela para o nosso amor. Tenho que contar tudo direitinho, com muito jeito. Se eu chegar lá assim de repente com você, é capaz dela não querer nem ouvir a história.

A moça concordou.

— Vai — disse ela. — Mas eu vou te prevenir de uma coisa.

— O quê?

— Olha, meu bem. Tu vais me prometer que não vais deixar nenhuma mulher te abraçar, nem mesmo tua mãe.

— Mas por que isso agora? — disse o moço.

— Porque senão tu vais esquecer de mim.

— Impossível. Como eu poderia me esquecer de quem salvou a minha vida tantas vezes?

— Mas é assim que é — respondeu a moça. — E tu farias melhor se não ficasses querendo explicações. Vais me prometer de verdade que não deixarás nenhuma mulher te abraçar, entendeste? Nenhuma.

— Está certo.

— Vai, promete.

— Prometo, prometo. Eu juro que não deixo mulher nenhuma me abraçar. Agora estás satisfeita?

— Estou. Mas tenho um pressentimento. Acho que algo de mau vai nos acontecer.

— Que bobagem! Depois de tantos perigos que vencemos, o que pode nos amedrontar? Vai, dá-me um beijo e fica esperando aqui, que volto em breve para te buscar.

E depois de se beijarem, ele esporeou o cavalo e a moça ficou à sua espera.

Quando o rapaz chegou na casa da mãe dele, todos ficaram muito felizes ao vê-lo. Os parentes o cumprimentaram, o abraçaram e beijaram, mas ele teve cuidado de não deixar nenhuma mulher chegar perto dele e muito menos o abraçar. A mãe então mandou logo matar um carneiro e fazer uma buchada. Enquanto a comida estava sendo preparada, sentaram todos na varanda e ele começou a contar suas aventuras: de como tinha arranjado emprego na fazenda do velho, de como tinha conhecido a filha dele, e quando estava nessa parte da história, sem ele notar, chegou sua bisavó, uma velhinha bem velhinha, toda cor-de-rosinha, já transparente de tão velha, que tinha ficado muito saudosa quando o rapaz saiu para ganhar a vida e tinha ficado esse tempo todinho à sua espera. A velhinha veio chegando bem devagarinho por trás do rapaz enquanto ele conversava e o abraçou, com seus bracinhos finos e enrugados. Imediatamente o rapaz esqueceu-se da moça e foi ficando por

lá, se acostumando novamente com a vida na casa da mãe e até pensando em pedir uma das muitas primas que tinha em casamento.

Vendo que o rapaz não voltava conforme tinha combinado, Eulália percebeu que havia algo errado. E sentiu, com aquele sexto sentido dos que estão apaixonados, que o rapaz tinha se esquecido dela. Mas só mesmo por artes da magia, pensava ela. Tanto que o tinha prevenido! O que teria acontecido? Então deitou-se e sonhou. E no sonho viu a maldição do pai, encolerizado pela sua fuga. Quando acordou, resolveu se vingar, conjurando toda a força de que era capaz e amaldiçoou o pai:

— Velho egoísta, feiticeiro maldito! Desde menina que sofro sob o teu poder, sob a tua dominação. Tu me criaste para ser tua escrava, para acumular para ti riquezas e poder. Nunca te conformaste com a minha liberdade, com a minha independência, e por isso me castigas desse jeito, quando vês que consegui escapar ao teu domínio. Como não podes agir sobre a minha mente, ages sobre a mente de quem é mais fraco do que eu. Pois eu também te condeno, velho desgraçado, a ficares preso no lugar em que estiveres, sem poderes sair daí e sem ver o tempo passar, até que o meu amado se lembre de novo da minha existência!

Nem bem a moça tinha falado, o velho, que vinha voltando para casa, ficou preso no lugar em que estava e ali já permanecia há muito tempo, sem saber dizer quanto, porque ali parecia que o tempo era todo igual. Ele sabia como se livrar daquela maldição, só que não podia agir sozinho, e era para isso que precisava da ajuda de Pedro Firmo.

— Mas sim senhor! — Pedro Firmo estava espantado com essa história toda. — Agora me responda, minha cigana: quanto tempo faz que ele está ali? E por que logo eu? Será que nunca passou ninguém por ali? Serei eu o primeiro?

Gipsy sorriu.

— E quem sabe? Nessas histórias de prodígios, o tempo não conta muito. Para quem está preso a uma maldição, sob a força e o poder de um sortilégio, o tempo fica parado, como se tivesse virado pedra. E quem sabe se tu, Pedro Firmo, talvez por desejares tanto algo que parece impossível, não tenhas sido o escolhido pelo Destino para quebrar o encantamento?

— Sim senhor! — continuava a repetir Pedro Firmo, cheio de espanto.

Gipsy o interrompeu.

— Olha! É a cidade!

9.

UMA HISTÓRIA DE AMOR VERDADEIRO

Tinham ultrapassado uma curva da estrada e já se avistavam as primeiras casas de uma pequena cidade do interior, como tantas outras, sem nada que a tornasse diferente ou especial.

Foram os dois caminhando cidade adentro e logo penetraram na praça onde se armava a feira, que não era nada de mais: uma feira simples, despretensiosa, pobre, até. As pessoas estava por ali, uns olhando, outros comprando, muita gente passeando de cá para lá, se encontrando, contando as novidades. Quando viram a cigana, se aproximaram dela.

— Cigana, cigana, ciganinha do Egito! Conte uma história para a gente!

No meio do povo Pedro Firmo reconheceu logo o rapaz, acompanhado de outro que devia ser seu irmão, tal era a semelhança física.

— Vou contar, sim — disse Gipsy. — Mas vocês vão me prometer que vão escutar a história toda. Que ninguém saia até eu terminar.

— Sim, sim — gritaram. — Mas conte, conte logo!

A cigana começou a cantar e a sua voz encheu a pequena praça de um canto dolente, com notas de uma melodia muito antiga, muito mais antiga do que todos que estavam ali.

> *Hoje eu vou contar a história*
> *De um pavão misterioso*
> *Que levantou voo da Grécia*
> *Com um rapaz corajoso*
> *Raptando uma Condessa*
> *Filha de um conde orgulhoso...*

Gipsy sorriu e continuou, agora sem cantar.

— Longe, bem longe daqui, na distante Turquia, existia um viúvo muito rico. Um verdadeiro capitalista, pois era dono de uma grande fábrica onde se fiava e tecia todo tipo de tecido precioso: brocados ricamente bordados, veludos preciosos, sedas finíssimas, e lã da mais macia e cara que o dinheiro possa comprar. Esse viúvo abastecia o comércio de todos os países próximos, e sua fortuna aumentava a cada dia.

Esse homem tinha dois filhos, já rapazes, mas ainda solteiros, que eram os seus principais auxiliares nos negócios. O mais velho, João Batista, era um rapaz alto e forte, corado e de olhos azuis e alegres. Era um folgazão, cuja risada fazia tremer os cristais que enfeitavam

a casa da família. Gostava de uma boa mesa, de um bom vinho, uma boa festa. Era prático, despachado e resolvia as coisas com rapidez. Com ele era ali: pão-pão, queijo-queijo. Preto era preto e branco era branco. Já o filho mais novo, Evangelista, era bem diferente do irmão. Alto e forte também, mas de talhe delgado e nervoso. Ambos eram alvos, de pele clara, mas se João Batista era corado, talvez por viver eternamente em cavalgadas ao sol e jogos de bola ao ar livre, Evangelista era um pouco pálido, de olhos escuros, e parecia sempre estar no mundo da lua. Era um sonhador, um artista. Gostava de música, e sabia tocar vários instrumentos, como o violão, o violino e o alaúde. Fazia poesias e mais de uma moça da vizinhança suspirava por ele. Nenhum dos dois tinha namorada. O mais velho, por não parar quieto em lugar algum, brincava com todas e não se ligava a nenhuma; e o mais novo vivia com os olhos fitos no espaço, como se estivesse a contemplar uma deusa encantada, que não o deixava ver as mulheres que estavam por perto.

Um dia, o velho pai faleceu e deixou aos filhos a fábrica de tecidos, as propriedades, o dinheiro e todos os bens, que eram muitos. Os rapazes, como filhos afetuosos que eram, sentiram muito a morte do pai. Mas passado o período do luto continuaram a negociar na mais perfeita união.

10.
A VIAGEM

Um dia, inquieto como era, João Batista disse a Evangelista:

— Meu mano, eu tenho vontade de visitar o estrangeiro. Quer dizer, se tu não sentires muita falta de mim, e não ficares com saudade. E, é claro, se puderes tocar os negócios sozinho durante uns tempos. Olha, a nossa riqueza se encontra muito aumentada! Os negócios vão bem, a cada dia ganhamos mais dinheiro. O nosso bom pai, que Deus o guarde, haveria de ficar muito satisfeito com a condução que estamos dando ao que ele deixou.

— Isso é verdade — concordou o irmão.

— Pois é. E dessa nossa fortuna eu ainda não gozei nada. Por isso estou com vontade de fazer uma longa viagem, conhecer países, outras terras, outras gentes...

Evangelista achou justo o pedido do irmão.

— Vai — disse ele. — Eu fico aqui regendo nossos negócios e te garanto que cuidarei deles com muito zelo. Podes ficar certo de que quando voltares a nossa riqueza estará ainda maior.

— Disso não tenho dúvida — falou João Batista.

— Vou te fazer um pedido — disse Evangelista. — Procura no estrangeiro alguma coisa bonita, que agrade a um rapaz solteiro como eu, e traz para mim de presente. Não te incomodes com o preço. O que quero é que me tragas algo realmente belo, e que ninguém tenha.

João Batista garantiu que traria para ele o objeto mais raro e belo que encontrasse. Iniciou então a viagem, dirigindo-se em primeiro lugar ao Japão, a bordo de um imenso navio. Depois do Japão foi à China e a outros países do Oriente, onde ficou maravilhado com os costumes em tudo diferentes daqueles da sua terra, a Turquia. Mas apesar de tantas coisas esquisitas, inusitadas e estranhas, via o dia da volta se aproximar sem ter ainda encontrado algo que servisse para presentear o irmão.

Finalmente, depois de um ano viajando, resolveu voltar para casa. As saudades eram muitas, e ele já tinha visto coisas que ocupariam a sua mente durante muito tempo. No entanto, havia ainda um lugar que ele queria conhecer: a Grécia.

Ao chegar lá, João Batista divertiu-se muito, passeou e maravilhou-se com as belezas daquele país. Chegando perto da data de retornar foi comprar passagem no navio para voltar à Turquia quando encontrou um velho marinheiro, que estava no porto fumando calmamente seu cachimbo. O grego o chamou com um gesto e João Batista aproximou-se.

— Já está de partida? — disse o marinheiro. — Pois acho bom se demorar.

— Está falando comigo? — João Batista perguntou.

— É com o senhor mesmo — continuou o homem. — Se eu fosse o senhor, não viajava.

Ele ficou curioso.

— Amigo, fale a verdade. Por qual motivo o senhor manda eu ficar na cidade?

Disse o grego:

— Vai haver uma grande novidade! Olhe, moço: aqui nessa cidade mora um conde muito valente. O homem é mais soberbo do que Nero e todo mundo tem medo dele. Pois esse homem é pai de uma filha única. É a moça mais bonita que existe e o pai tem ela escondida em um aposento, no alto da torre mais alta do seu palácio.

João Batista ficou mais curioso ainda. O grego continuou.

— Essa moça chama-se Creuza, e nasceu e se criou sem nunca ter saído do quarto. De ano em ano, o Conde exibe a filha em uma janela do palácio para que o povo possa admirar sua beleza.

— E ela é mesmo tão bonita assim?

— Se é! — respondeu o grego. — Ela é tão bonita que quando ela aparece todas as rosas dos jardins murcham, as velas tremem e se apagam e as crianças param de chorar. Mas a visão só dura uma hora. Para ser vista outra vez, é preciso esperar mais um ano.

João Batista não cabia em si de assombro.

— O Conde tem tanto ciúme da filha — continuou o grego — que nunca deixou qualquer homem vê-la. O próprio pai se encarregou de educá-la, e fala-se até que ele mandou matar vários criados, só porque escutaram a fala da moça. Amanhã é o dia em que ela aparece na janela. Vem gente do mundo inteiro para vê-la, mas todos sabem que é proibido pedir a mão dela em casamento.

Era precisamente esse tipo de história que atraía o temperamento aventureiro e curioso de João Batista.

— Agora vou demorar — disse ele. — Quero ver com meus próprios olhos essa Condessa, de cuja beleza se fala tanto, e comprovar se é bonita mesmo como dizem.

— Fique, amigo — disse o grego. — Fique, que não vai se arrepender.

No dia seguinte, Creuza saiu à janela. E era mesmo uma boniteza. A multidão reunida na praça não tirou os olhos da moça sequer por um minuto durante a hora em que ela ficou ali, quietinha, entre o pai e a mãe, enquanto todos a contemplavam. E, de instante em instante, ouvia-se o barulho das máquinas de tirar retrato, que fotografavam a moça.

Depois que ela desapareceu, João Batista viu um

fotógrafo vendendo retratos de Creuza. Vexou-se e foi logo dizendo:

— Quanto quer pelo retrato? Diga logo, pois pretendo comprá-lo.

O fotógrafo respondeu:

— Para o senhor, custa um conto de réis.

João Batista enfiou a mão no bolso, contou as notas e pagou ao fotógrafo sem discutir.

— Eu comprava até por dez contos, amigo. E se não tivesse bastante dinheiro, seria capaz de empenhar até os anéis! O retrato vale.

— Que o Conde não lhe ouça, estrangeiro. Do jeito que ele tem ciúmes da filha é capaz de lhe mandar prender...

Mas João Batista já ia longe, apressado em embarcar no navio que apitava no porto, prestes a partir para a Turquia. Finalmente, depois de um ano viajando, estava de volta ao lar.

11.
DE VOLTA PARA CASA

Ao chegar em casa, foi recebido com festas pelo irmão, que havia preparado um banquete e convidado todos os vizinhos e amigos para receber o intrépido viajante. Comeram e beberam até noite alta, enquanto João Batista maravilhava a todos com a descrição dos lugares exóticos por onde havia passeado. Falou muito, enquanto comia de tudo, matando também as saudades dos seus pratos preferidos.

Quando todos os convidados saíram, ficaram os dois sozinhos, a conversar. O criado trouxe um café bem forte e eles então se estiraram cada um em um sofá, cercados de almofadas macias.

Evangelista se serviu do café, que derramou preto e fumegante na pequena xícara de porcelana, com bordas douradas.

— E então, meu mano? Viste muita coisa bonita onde andaste passeando? O que me trouxeste de presente?

João Batista piscou o olho.

— Para ti trouxe um retrato de uma condessa da Grécia! Olha, tu precisavas ver que prodígio de beleza! O retrato custou-me um conto de réis, mas ainda acho que paguei pouco por ele. Vale pelo menos dez vezes mais.

Evangelista caiu na gargalhada.

— Neste caso, meu irmão, para mim não trouxeste nada! Um retrato de mulher! Ora, com efeito! Queres coisa mais comum e usada do que isto?

— Aí é que tu te enganas. Sei que existem muitos retratos, e outras tantas mulheres. Agora, igual a este que eu te trouxe, ponho minha cabeça a prêmio se encontrares um que seja mais belo e precioso. Mas espera — disse, levantando-se do sofá. — É preciso que tu mesmo o examines. Quando vires a beleza, tenho certeza de que mudarás de opinião.

João Batista abriu uma das malas, dela retirando um retrato circundado por uma rica moldura, e entregou-o ao irmão que também tinha se levantado, acompanhando-o até onde estavam as malas. Evangelista tomou o retrato nas mãos e a expressão de desdém e pouco caso que trazia estampada na face congelou-se e foi se desfazendo pouco a pouco, apagada pela mais profunda admiração. Não era possível, pensava ele. Não era possível que existisse no mundo tão inefável criatura. A suavidade da cabeleira, o formato do rosto, o desenho do nariz, o talhe da boca, a delicadeza do queixo e os olhos, ah, deuses do céu, os olhos e o veludo das sobrancelhas! Evangelista estava abismado, paralisado, transportado ao paraíso pela beleza da Visão e sofrendo as penas do inferno por não poder estar nesse mesmo minuto com a dona de tão bela figura.

Após um minuto que pareceu interminável, tremendo, assustado, ele perguntou:

— Essa moça do retrato tem toda essa perfeição?

— Creuza? — falou João Batista. — É muito mais formosa do que o retrato dela! Em beleza é o maior esplendor que os meus olhos já tiveram o prazer de presenciar. E é porque este retrato só mostra o rosto. O corpo, ah, o corpo, meu irmão! Parece ter sido desenhado pela mão de um arquiteto divino, pois é tão perfeito e bem-proporcionado, tendo ao mesmo tempo uma graça tão feminina e tão sutil que nos deixa completamente escravos.

— É isso mesmo — disse Evangelista. — Falaste bem: escravo. Já sou escravo desta visão. Vou em busca dessa mulher, e vou mostrar que ela há de ser minha esposa.

— Que é isto, meu irmão? Queres perder o juízo? Já vi que este retrato vai nos sair muito mais caro do que eu imaginava.

— Pois meu irmão, eu te digo: vou deixar este país. Vou em busca dessa deusa.

— Estás louco! Como é que podes pensar em abandonar a nossa vida, a casa onde nascemos, os negócios, Evangelista! Os negócios, que vão tão bem! Pensa, raciocina!

— Teu conselho não me serve! Não vês que estou perdidamente apaixonado? Até um minuto atrás a minha vida era vazia e sem sentido. Agora, não. Agora encontrei a minha deusa, e não sossegarei enquanto não puder demonstrar-lhe todo o meu amor.

João Batista atirou os braços para o alto, em desespero.

— Enlouqueceste completamente — disse. — Como é que pensas em sair mundo afora em busca de uma moça que vive trancada, que vive prisioneira de um velho maluco, maluco sim, mas poderoso, rico, cruel e que pode acabar com a tua vida se tentares qualquer coisa?

— Ah, meu irmão! Se eu não casar com Creuza sou capaz de me matar!

João Batista estava sem saber o que fazer.

— Maldita a hora em que comprei esse retrato! — disse. Olhando então para Evangelista, que se encontrava absorto, contemplando a fotografia, como se estivesse adorando a própria imagem da Beleza, sua expressão se suavizou, e ele se enterneceu. Afinal era seu irmão mais novo, sempre tinha sido um sonhador, um romântico e parecia estar firmemente decidido a ir em busca do seu sonho. João Batista suspirou, serviu-se de mais café e voltou ao sofá, onde sentou-se.

— Bem — disse ele. — Já que estás resolvido, vamos pelo menos fazer a coisa como deve ser feita. Que-

res ir à Grécia? Pois bem, irás. Não sei como vais fazer para te aproximares dessa moça, mas se estás mesmo apaixonado como parece, por certo haverás de encontrar um jeito.

— Façamos o seguinte — disse Evangelista, sentando-se em frente ao irmão, ainda sem largar o retrato, que trazia apertado junto ao peito. — Vendo-te a minha parte nos negócios.

João Batista riu.

— Estás louco mesmo! Sabes qual o valor do nosso patrimônio e sabes também que não é possível fazer uma transação dessas assim, sem mais nem menos.

— Então te dou a minha parte! E tu me dás algum dinheiro para a viagem, e pronto! — disse, e olhou para o retrato, embevecido. — O que importa é que preciso viajar o quanto antes!

— Calma, calma! — disse João Batista, e ficou em silêncio, pensando, procurando uma solução, até que teve uma ideia. — Olha, meu irmão. Da mesma forma que eu passei um ano viajando, me distraindo, conhecendo o mundo, enquanto tu tomaste conta dos negócios, farás tu agora o mesmo. Eu cuidarei de tudo e quando voltares com a tal moça, porque eu acho que és tão louco que terminarás conseguindo, a nossa fortuna estará bem maior do que agora. Sempre poderás pedir quanto dinheiro precisares. E agora — disse, levantando-se — vamos dormir. Eu estou cansado e tu com certeza queres sonhar com tua deusa. Amanhã cuidaremos dos preparativos para a viagem.

Os irmãos se recolheram aos seus quartos, onde João Batista logo adormeceu. Evangelista ainda ficou uma meia hora contemplando o retrato até que o sono o raptou para as regiões encantadas do sonho, onde ele e sua deusa voavam sobre as nuvens, deixando um rastro de estrelas e cometas, brilhantes e refulgentes no céu profundo.

Em uma semana conseguiram organizar tudo e a viagem ficou pronta. Evangelista e João Batista despediram-se com muita emoção, choraram um nos braços do outro e num navio mercante, sem revelar quem era nem qual era o seu objetivo, partiu Evangelista para a Grécia.

12.
EVANGELISTA NA GRÉCIA

Logo que chegou na Grécia hospedou-se Evangelista em um hotel dos mais pobres, dos mais humildes. Como tinha uma missão difícil ou quase impossível pela frente, não queria se dar a conhecer. Era importante não despertar suspeitas, não provocar comentários. Ainda faltavam oito meses para a próxima aparição de Creuza e ele aproveitou esse tempo para aprender a falar o grego com fluência e para se inteirar dos costumes da cidade e do país. Sempre andava vestido humildemente, e dava a entender a todos com quem entrava em contato que era um pequeno comerciante de tecidos.

Quando se aproximou o dia em que a moça iria aparecer na janela do palácio, a cidade começou a ficar tomada de uma agitação, de uma efervescência que alterava a própria atmosfera. Os hotéis começaram a se encher de estrangeiros vindos de todas as partes do mundo. Muitos homens: comerciantes, príncipes, nobres, de todas as idades. Vinham também famílias inteiras atraídas pela fama da beleza da moça. Os pais queriam mostrar aos filhos a maravilhosa Visão, e também queriam eles próprios vê-la. Os homens, para secretamente admirá-la, com cuidado para não despertar o ciúme das esposas, e estas para ver se essa tal Creuza era realmente tão bonita quanto se propalava.

Enfim, era chegado o grande dia. Evangelista colocou-se num ponto da praça de onde podia ter uma boa visão da sacada central do palácio. Pouco antes das duas horas da tarde, apareceram duas criadas que abriram as grandes janelas de par em par e estenderam um pano de rico brocado bordado com fios de ouro e pérolas sobre o parapeito da sacada. Postaram-se então uma de cada lado, e levantaram dois grandes leques com penas de pavão que começaram a movimentar suavemente. Soaram as trombetas, enchendo a tarde azul de notas claras. Entrou a velha Condessa pela mão do Conde que era um homem meio baixo, forte como um touro, de nariz adunco e expressão ameaçadora. Cumprimentaram a multidão com um leve aceno de cabeça, afastaram-se cada um para um lado, e Ela surgiu.

Era a Beleza, a Graça, a Formosura, o Alumbramento. Possuía todos os dezoito sinais de beleza que a mulher deve ter, segundo a tradição antiga, para ser considerada formosa. As mães explicavam então para as filhas que a Condessinha tinha três partes negras: os olhos, os cabelos e as sobrancelhas; três partes brancas: o lacrimal dos olhos, a face e os dentes; três partes rosadas:

cútis, gengivas e lábios; três partes compridas: os dedos das mãos, o pescoço e a cintura; três partes largas; a fronte, os ombros e os quadris; e, finalmente, três partes pequenas: o nariz, a boca e o pé. E todas as meninas e mocinhas, ao voltarem para casa, corriam para o espelho à procura dos sinais.

Tudo isso tinha Creuza, e muito mais, pois não era somente a beleza física. Dela emanava uma graça sem par, inefável, angélica. Ao mesmo tempo, exalava uma feminilidade tão poderosa, que todos os homens que a olhavam desejavam ter não uma, mas cem vidas, para consagrá-las todas à sua admiração, à sua contemplação, e as mulheres, secretamente invejosas, admitiam que a Condessinha era mesmo a mais bela mulher daqueles tempos. No entanto, apesar de tanta beleza, de tanta perfeição, era apenas uma adolescente, com seus grandes olhos assustados, exposta indefesa à admiração da multidão reverente.

Evangelista entregou-se por inteiro à contemplação da Visão. Hipnotizado, mergulhou em corpo, mente, espírito e coração naquele mistério de beleza, juventude e graça, de tal forma que perdeu a noção do tempo e, quando deu por si, já tocavam novamente as trombetas e a multidão aplaudia, enquanto o Conde resmungava e olhava o povo, com cara de poucos amigos, conduzindo a filha e a esposa para dentro. As janelas se fecharam e a multidão ficou silenciosa ainda durante um tempo até que aos poucos foram voltando ao normal e se retirando da praça.

Evangelista ainda ficou por longo tempo no mesmo lugar. Tinha os olhos iluminados pela contemplação da sua amada e não conseguia mover-se, imerso em pensamentos. Pouco a pouco, à medida que a tarde ia caindo, foi voltando à realidade e dirigiu-se lentamente para a pensão em que morava. Agora que tinha visto a moça e confirmado sua paixão, tinha que descobrir um jeito de chegar até ela e confessar o seu amor. Pensando nisso, e esperando que o sono lhe trouxesse, em sonhos, uma solução, deitou-se e dormiu profundamente.

13.
A IDEIA

No outro dia Evangelista acordou cedo. Apesar de ter dormido bem, e sonhado com muitas peripécias e aventuras nas quais sempre estava ao lado da sua amada, não tinha ainda chegado a nenhuma ideia de como faria para alcançar a alta torre do palácio na qual a moça vivia quase como prisioneira, bem guardada por uma legião de ferozes soldados do Conde. Mas os apaixonados são persistentes, e ainda mais quando a paixão é verdadeira e quase impossível. O nosso herói não era diferente de tantos outros apaixonados e tinha confiança de que algo ia acontecer, alguma coisa que o conduzisse à solução de tão intrincado desafio. Imerso nesses pensamentos andou a esmo por quase uma hora e quando deu por si estava no porto, no mesmo porto onde João Batista havia encontrado o marinheiro grego que primeiro tinha lhe falado de Creuza, como lhe contara.

Talvez aquilo fosse um sinal do Destino, um sinal de que ali iria encontrar a solução, pensou Evangelista. Olhou para um lado, depois para o outro, e viu, cochilando ao sol ainda frio da manhã, alguns velhos com toda a aparência de que tinham passado boa parte da sua vida no mar. Aproximou-se de um deles e ficou assim, meio sem jeito, sem saber como puxar assunto. Mas o velho já o olhava com olhos incrivelmente azuis e jovens no rosto enrugado e curtido pelo sol, com um olhar tão acolhedor que Evangelista aproximou-se ainda mais. Tocando de leve a aba do chapéu, o moço lhe falou:

— Bom dia!

— Bom dia, estrangeiro — disse o velho.

Evangelista, que já falava o grego perfeitamente e sem o menor sotaque, ficou surpreso. Como sabia o velho que ele não era natural dali? O marinheiro notou sua admiração.

— Está espantado porque eu sei que o moço é estrangeiro, não é? Ora, quando já se viajou pelos sete mares como eu, poucas coisas nos passam despercebidas. O senhor é estrangeiro, sim. Mas isso não é da minha conta.

— Sou estrangeiro, sim — concordou Evangelista. — Por isso preciso de sua ajuda.

— E para quê, posso saber?

Evangelista não sabia nem como começar, e enquanto procurava as palavras quase foi atropelado pela correria de um grupo de crianças que, aproveitando a manhã clara e o vento que soprava do mar naquele cais, empinava papagaios, que se destacavam contra o azul

do céu como pássaros coloridos. Subitamente então a ideia mais genial do mundo atravessou a sua mente como um raio. Teria que chegar a Creuza, ao quarto dela no alto da torre, não pelas escadarias, que eram bem guardadas por sicários armados até os dentes. O caminho teria que ser o ar! Voaria, nas asas do vento, como aqueles papagaios. Mas como? Como arranjar um papagaio gigante que lhe levasse pelos ares até a sua amada? Teria que encontrar alguém que o construísse para ele, pois apesar de saber tudo sobre poesia, instrumentos musicais e comércio de tecidos, não entendia nada de maquinismos terrestres, aquáticos e, muito menos, aéreos. Mas onde? Onde encontrar essa pessoa? De repente, se deu conta de que o velho o olhava, pacientemente, como se estivesse apenas esperando sua pergunta.

— Meu amigo — disse Evangelista —, você sabe onde eu posso encontrar um artista, um inventor?

— Um inventor? — disse o grego.

— Sim, um inventor, um cientista, um engenheiro, uma pessoa que domine o segredo das máquinas, dos mecanismos. Estou precisando muito de um.

— Bem, eu conheço o engenheiro Edmundo. Mora ali, na rua dos Operários. É um engenheiro profundo e dizem que para inventar maquinismo ele é o maior do mundo! Mas para que... — e interrompeu o que dizia pois o moço já tinha se retirado apressadamente, na direção

que o grego lhe havia apontado. — Mas que maluco! E nem me agradeceu!

O velho voltou a fumar seu cachimbo e a contemplar o mar, meditando e concluindo que os moços nunca mudam, que sempre são estouvados e que tudo o que resta aos velhos é se conformarem com isto.

14.
O PLANO

Não se passara nem cinco minutos da resposta do grego, e Evangelista já se encontrava na porta da casa do engenheiro. Era uma grande casa, com duas altas colunas de cada lado da porta principal, sustentando um frontão triangular que trazia uma inscrição que o rapaz não conseguiu decifrar.

Evangelista bateu palmas. Um instante depois a porta se abriu sem que aparentemente ninguém a tivesse tocado e ele penetrou num vestíbulo de chão de ladrilhos, ao fundo do qual se via um pátio, com uma fonte no centro. Ao sol, ele viu um velhinho, baixo, magro, com um avental de trabalho branco que lhe chegava até os pés. Alimentava uma estranha ave de penas verdes, da altura de um homem, que grasnava como um pato.

— Sim? Sim? — perguntou, dirigindo-se ao jovem, que estava admirado da aparência da ave.

— O senhor é que é o Doutor Edmundo? — perguntou Evangelista.

— Eu mesmo, rapaz, eu mesmo. Mas me ajude aqui — e entregou ao rapaz a vasilha que segurava, cheia de milho e de um outro grão que o rapaz não conhecia. — Maldita gralha! Que ave mais ridícula e incompreensível! Pois imagine, meu jovem, que este animal estúpido agora resolveu não querer mais a ração com a qual se alimenta desde que saiu do ovo! É demais!

Evangelista estava surpreso.

— Essa ave é uma gralha? Pois eu nunca vi uma gralha parecida com essa, nem desse tamanho.

O velhinho piscou o olho.

— Ah! Aí é que está o busílis! Realmente, não é uma gralha de verdade. É uma gralha obtida por engenharia genética, entende? Alteração nos genes, levando a uma reprogramação da ordem dos nucleotídeos e consequente síntese de proteínas modificadas, com alteração total do padrão cromossômico. Percebe?

— Bem... — Evangelista estava cada vez mais sem jeito. — Não. Acho que não percebo.

O velhinho riu.

— Nem poderia, meu caro jovem, nem poderia. Isso tudo é um conhecimento muito avançado, que estou começando a descobrir agora. Mas nada disso interessa. Vamos, vamos, vamos entrar. — Olhou Evangelista com curiosidade. — O que o traz aqui?

Entraram numa sala atravancada de objetos e aparelhos estranhos, alguns dos quais não faziam o menor sentido para Evangelista. Ele disse:

— Meu caro Doutor Edmundo, primeiro quero saber se não é homem medroso. O negócio que eu quero lhe propor é secreto, perigoso, mas muito vantajoso para um homem como o senhor.

— Na arte não tenho medo! — disse o velhinho, servindo dois copos de um vinho escuro e perfumado, um dos quais ofereceu ao rapaz. — Mas vamos sentar! — Sentaram-se no sofá que havia em frente a uma grande janela. — Então? Segredo, perigo e muito dinheiro, hein? Gosto disso, gosto disso! Vamos lá: conte-me logo esse enredo.

Evangelista não sabia como começar. Mas enchendo-se de coragem, resolveu falar tudo de uma vez.

— Doutor Edmundo: eu amo a filha do Conde e quero me casar com ela. E quero que o senhor invente um aparelho qualquer que me leve no alto daquela torre onde ela vive. Sou rico! Pago o que o senhor quiser!

O velhinho deu um salto do sofá, com uma agilidade impressionante para a sua figura aparentemente frágil.

— Por Júpiter! — gritou. — O jovem é atrevido! A filha do Conde! A Condessa Creuza!

— Ela mesma, Doutor Edmundo. Tudo que eu quero na minha vida é tê-la ao meu lado. Desde que a vi não consigo pensar em outra coisa. E somente o senhor pode me ajudar.

— Muito bem, muito bem. — O velhinho caminhava de um lado para o outro, enquanto olhava Evangelista com seus pequenos olhos inquiridores, como se estivesse querendo descobrir se o rapaz era sincero na sua paixão. E então, pareceu tomar uma decisão. — Eu aceito o seu convite. Agora, quero lhe avisar que vou trabalhar seis meses nesse projeto. O senhor vai esperar e ter paciência, pois vou inventar um aparelho que não existe ainda. Quer dizer: existe sim, mas só na minha cabeça — e deu uma piscadela gaiata.

Evangelista se sentiu tomado por uma grande felicidade e pela esperança de que brevemente Creuza estaria em seus braços. Teve que se controlar para não beijar o velhinho.

— Quer dinheiro adiantado? Posso lhe fornecer qualquer quantia.

— Não, não e não! Ainda é cedo. Quando terminar o invento, é que eu lhe digo o preço e quanto custa o pagamento. Agora, vá, volte para o seu hotel e aguarde. Vá, vá, vá!

Evangelista levantou-se e foi saindo, feliz da vida.

— Até logo, Doutor Edmundo! Até logo!

— Seis meses, meu jovem! Seis meses!

— Até!

E retirou-se, enquanto a estranha gralha, como se também partilhasse da sua alegria, grasnava como se estivesse rindo alto.

15.
O PAVÃO

Foi um grande tormento para Evangelista esperar esses seis meses. Apaixonado, não conseguia se concentrar em nada que não fosse o seu amor e as maneiras de concretizá-lo. Os dias se arrastavam, lentamente, muito lentamente, precisando o rapaz de muita paciência e calma, coisa difícil para o seu temperamento apaixonado. Durante esse tempo, quando a ansiedade era muito grande, ele ia até à casa do Doutor Edmundo que, irritado com a insistência do rapaz, ameaçou-o de não terminar o trabalho se ele continuasse a incomodá-lo. Evangelista então passou a ir até a rua onde Edmundo morava, ficando a contemplar de longe a casa, como se a sua proximidade física contribuísse de alguma forma para o sucesso e a finalização da obra. Finalmente o trabalho ficou pronto, e dentro do prazo. Edmundo mandou um recado a Evangelista para que fosse à sua casa, mas que fosse à noite, depois das onze horas.

Era uma noite escura, e a lua nova mostrava no céu um delgado crescente. Evangelista chegou à casa do engenheiro na hora combinada e Edmundo o recebeu, conduzindo-o a um pequeno galpão que havia nos fundos da residência. O jovem não cabia em si de tão feliz, mas estava tomado de ansiedade, e foi com grande dificuldade que se controlou enquanto Edmundo falava sem parar sobre os mais diversos assuntos. O olhar de Evangelista era atraído por algo que havia no meio do galpão, coberto por um pano preto.

— E agora, meu caro jovem, vamos ver o que o grande artista Edmundo fez para resolver o seu problema amoroso! — falou o Doutor Edmundo, como se fosse um mestre de cerimônias de um circo. Pegou o pano por uma das pontas e deu-lhe um rápido puxão, deixando surgir um estranho objeto. Parecia um pássaro, feito de tecido e metal.

Evangelista ficou surpreso. Nunca tinha visto nada parecido. E o Doutor Edmundo foi explicando:

— Isto aqui, meu jovem, é a minha mais nova invenção. Um maquinismo perfeito, disfarçado sob a inocente aparência de um pavão. Tem um motor que funciona movido a um derivado hidrocarbonetado encontrado apenas numa fonte natural em lugar que ninguém conhece, somente eu. É absolutamente silencioso, econômico, e potente. O metal de que é construído também é uma liga da minha invenção, que eu chamei de alumínio, leve como a fumaça e resistente como o aço. Além disso, meu caro, a sua camuflagem é perfeita, com a cauda em le-

que, as asas, a cabeça, o bico, enfim, tudo aquilo que um pavão tem. Voa igual ao vento em todas as direções e decola e pousa verticalmente, permitindo-lhe acessar perfeitamente a torre do palácio do Conde. Como vantagens adicionais, ele arma e desarma comprimindo aqui neste botão. Veja!

Edmundo pressionou um botão onde seria o pescoço do pavão e o estranho maquinismo começou a se dobrar até que ficou do tamanho de um pequeno caixote, que podia ser carregado como se fosse uma mala comum. Evangelista estava mudo de assombro. A obra de Edmundo havia ultrapassado de muito todas as suas expectativas. Nunca tinha visto um aparelho como aquele. Para falar a verdade, nem imaginava que ele pudesse sequer ser inventado. E agora a maravilhosa máquina estava ali, na sua frente! E era sua! E com ela poderia falar com Creuza!

Toda essa animação transparecia no seu olhar encantado e o Doutor Edmundo, observando-o, esfregava as mãos e andava em volta do jovem como uma criança querendo elogios. O rapaz estava mudo de espanto. Não sabia o que dizer.

Mas Edmundo já se agitava todo:

— Vamos, vamos! — apressava-se.

— Vamos para onde? — perguntou Evangelista.

Edmundo riu.

— Para onde? Como para onde? Vamos dar uma volta, meu caro! Vamos testar o aparelho. Você aproveita e aprende a manobrar os comandos, que são muito simples, você vai ver.

Subiram no aparelho, que se mostrou fácil de manobrar, macio e veloz. Como era meia-noite, a cidade estava às escuras. Apenas o disco da lua nova se mostrava estreito no céu, como uma foice delicada. As estrelas, destacando-se no céu escuro, pareciam observar espantadas a estranha aventura. Para Evangelista, era mesmo uma aventura sem igual. Voar! Voar como um pássaro! Nunca tinha imaginado coisa parecida. Deslizavam sobre os telhados, sobre os quintais, sobre as árvores e praças adormecidas, embalados por um vento suave. Ao longe, divisou a torre do sobrado onde dormia a deusa dos seus sonhos e para lá quis logo se dirigir, mas Edmundo não deixou.

— Não, agora, não. Ainda temos algumas coisas a acertar e você não vai querer chegar no quarto da sua amada comigo do lado, não é?

— Tem razão — concordou Evangelista. — Vamos somente dar mais uma volta porque preciso me acostumar com os controles. Depois vamos voltar.

Assim fizeram e depois de mais uma volta sobre a cidade retornaram à casa de Edmundo, pousando no jardim.

— Já provei minha invenção — disse o engenheiro, entrando em casa com o jovem. — Fizemos a experiência, o senhor viu que dá tudo certo. Agora só lhe resta me pagar, e olhe: sem discussão!

— Quanto custa o seu invento? — perguntou Evangelista, sorrindo com a tirada de Edmundo.

— Custa... cem contos de réis! — Edmundo parou, pensou um pouco, e achou que tinha exagerado. — Acha caro o pagamento?

— Acho pouco! — disse Evangelista. — Dou duzentos!

— Bom, bom, muito bom! — O sábio não cabia em si, de contente. — Espere! — disse. — Ainda tenho alguns presentes para você.

Evangelista tinha acabado de contar o dinheiro, colocando o maço de notas em cima da mesa, quando Edmundo voltou do interior da casa, onde tinha ido buscar alguma coisa. Trazia dois objetos, cujo uso foi logo explicando ao rapaz.

— Aqui você tem esta serra, que serra caibros e ripas sem fazer qualquer barulho. É construída de um metal também da minha invenção, duríssimo e resistente ao desgaste. Seus dentes parecem uma navalha, de gume afiadíssimo. E agora, o mais importante: o lenço enigmático!

O rapaz, que ainda estava examinando a serra, teve sua atenção voltada para o lenço finíssimo, de um rosa forte, dobrado na mão de Edmundo.

— Quando a moça gritar, chamando pelo seu pai, você passa ele assim no nariz dela... — procurou ao seu redor algo com que pudesse demonstrar e enxergou a um canto do salão a gralha, que cochilava numa espécie de poleiro improvisado. Dirigiu-se até o pássaro, deu-lhe uma sacudidela e quando a gralha, assustada, começou a mexer-se, colocou o lenço sobre o bico da ave que em um segundo desmaiou, escorregando lentamente para o chão.

Edmundo continuou:

— Depois de quinze minutos ela volta a si, sem nenhum problema. O lenço é impregnado por um produto químico, inventado por mim, que causa um desmaio rápido e sem maiores consequências.

Evangelista estava maravilhado, mas já era tarde e ele tratou de reunir seus novos pertences e partir.

— Muito obrigado, Doutor Edmundo, pelo pavão e pelos presentes. Com eles me sinto bem equipado para a luta, que sei que não vai ser fácil.

— Ora, meu jovem! Você vai conseguir. E me convide para a festa do casório!

— Claro, claro. Olhe: o senhor vai ser meu padrinho!

— Mas vá, vá, que a madrugada está próxima, e é bom que saia daqui ainda protegido pela escuridão.

— Tudo bem — apressou-se Evangelista. Antes de sair, olhou para a gralha, que voltava a si. — Esse negócio não vai fazer mal à moça? — perguntou a Edmundo, referindo-se ao lenço.

— Claro que não, meu amigo. Se fizesse mal, você acha que eu ia testar na minha gralha? Confie em mim. Vai dar tudo certo.

— Então estou indo. Mais uma vez, obrigado. E escute o que lhe digo: amanhã, à meia-noite, com Creuza conversarei.

De volta ao pequeno hotel onde morava, Evangelista escondeu a mala embaixo da cama. Deitou-se e ficou olhando sonhadoramente para o céu escuro que se via através das janelas abertas para a noite, que já começava a mostrar os sinais da madrugada. Sabia que iria enfrentar grandes dificuldades, mas a visão da amada, que trazia impressa nas retinas, tornava qualquer desafio fácil de vencer. No entanto, era preciso tomar ainda muitas providências antes de levantar voo no pavão. Pensando nisso, adormeceu.

16.
A PRIMEIRA VIAGEM DO PAVÃO

O dia seguinte foi consumido por Evangelista nos preparativos para a grande aventura. Como a missão era muito perigosa, ele escreveu para o irmão contando tudo, tendo colocado a carta em um envelope lacrado e entregado ao Doutor Edmundo, com instruções para enviá-la à Turquia caso lhe acontecesse alguma coisa grave, mas em nenhum momento pensou que algo pudesse dar errado. Na sua imaginação, já se via ao lado de Creuza, gozando as delícias do amor correspondido.

Afinal, chegou a noite e tudo concorria para o sucesso da missão. Como ainda era lua nova, a noite estava escura. O quarto que Evangelista ocupava no pequeno hotel tinha uma janela que dava para um pátio interno onde uma árvore estendia seus galhos até o peitoril.

O rapaz vestiu-se com trajes finos e ricamente bordados, como convinha a um jovem rico e de posses. Tomou a maleta e, passando da janela para a árvore, daí alcançou o muro, onde se acomodou e acionou o botão. O aparelho, num instante de nada, desdobrou-se, pronto para alçar voo.

À meia-noite o pavão do muro se levantou. Luzes apagadas, com o motor trabalhando tão suavemente que mal se ouvia, veloz como uma flecha, voou sobre os telhados e bem no palácio do conde aterrou, na cumeeira mais alta.

Evangelista olhou ao redor. Estava tudo silencioso e nem uma folha se mexia. Mas a emoção fazia o seu coração bater tão forte que parecia que ia acordar toda a cidade.

Em silêncio, arredou cinco telhas e deixou descoberto um buraco de três palmos. Com a serra presenteada por Edmundo, rapidamente serrou as ripas e os caibros e, pendurando uma corda, escorregou por ela, caindo diretamente no quarto de Creuza.

Era um aposento amplo, em forma de octógono, acompanhando o formato da torre. Havia tapetes de pele recobrindo o piso ladrilhado, ricas tapeçarias ornando as paredes e grandes divãs cobertos com mantas preciosas, tudo isso dando ao quarto um ar opulento. A um canto ardia um braseiro onde queimavam ervas aromáticas, enchendo o ar de um perfume almiscarado. No meio do quarto ficava o grande leito onde Creuza dormia, debaixo de um cortinado feito de seda amarela, tão fina que mais parecia um feixe de luz derramado sobre a jovem adormecida.

No sono, a moça parecia um anjo, de uma beleza ao

mesmo tempo tão perturbadora e tão pura que o coração de Evangelista, até então em tumulto, parecia que ia parar. Ajoelhou-se silenciosamente ao pé do leito e, para despertá-la, pôs a mão na testa dela. A moça estremeceu e acordou no mesmo instante, vendo debruçado sobre ela um rapaz bonito, bem-vestido e que a olhava com verdadeira adoração. Sua surpresa foi tanta que ficou paralisada, sem qualquer ação. Nunca tinha visto um homem tão de perto e pensou até que o rapaz não fosse real, mas sim uma visão de sonho.

Com muito cuidado para não assustá-la, o rapaz sorriu e disse:

— Moça, não se assuste. Garanto que não corre nenhum perigo. O que quero é saber se a senhora quer se casar comigo.

Creuza sentiu como se tivesse despertado de um sonho e viu que o jovem era real. Um imenso terror tomou conta dela e imediatamente começou a gritar.

— Papai! Um desconhecido entrou aqui no meu quarto! Sujeito muito atrevido! Venha depressa, papai! — gritava. — Pode ser algum bandido!

Mais que depressa, Evangelista puxou o lenço do bolso e tocou com ele no nariz da moça. Um perfume adocicado espalhou-se pelo ambiente e Creuza, que sequer tinha se levantado da cama, fechou os olhos e caiu sobre os travesseiros, tomada de súbita vertigem. Rápido como um relâmpago, o rapaz subiu pela corda, que recolheu ao chegar em cima. Ajeitou os caibros e as ripas, colocou novamente as telhas no lugar e subiu no pavão, que havia deixado pronto e preparado sobre o telhado.

O aparelho levantou voo e, operando com habilidade seus controles, Evangelista o conduziu de volta ao hotel. Chegando lá, converteu o pavão na maleta de inocente aparência, mas não se recolheu e, acordado, aguardou.

17.
A FÚRIA DO CONDE

Enquanto isso, no palácio, a confusão era enorme. Com os gritos de Creuza, o Conde acordou e correu imediatamente para o quarto da filha, com a espada desembainhada, distribuindo pontapés a todos os criados que encontrava pelo caminho. Ainda com a mente toldada pelo sono, só tinha consciência de uma coisa: havia um homem no quarto de sua filha. Os criados amontoavam-se pelo corredor, assustados, não ousando se aproximar da escadaria que dava acesso aos aposentos da moça, nos andares superiores.

Ao entrar no aposento de Creuza, o Conde encontrou-a sem sentidos, desmaiada sobre o leito.

— Lacraias! Centopeias! Escorpiões! — berrava o Conde, enquanto procurava por todos os lugares sinais de possíveis invasores. Na sua raiva, empunhando a espada, espetava sem compaixão as almofadas e fendia ao meio cortinados e tapeçarias.

— Onde encontrar esse ladrão, eu o matarei, sem dó nem piedade! — vociferava. — Triturarei seus ossos! Beberei seu sangue e mastigarei seus membros!

Enquanto isso, a Condessa e as criadas reanimavam Creuza, dando-lhe sais aromáticos para aspirar. A moça tornou do desmaio com um suspiro e foi logo submetida a um feroz interrogatório pelo pai.

— Vamos, menina! Quem estava aqui? O que viste? Olha, não me escondas nada! Vamos, fala! O que estás esperando?

— Papai — disse Creuza —, pois eu vi um jovem rico, elegante, que me pediu em casamento. Não vi quando ele desapareceu, pois me deu um passamento, uma vertigem, um desmaio....

— Neste caso, estás mesmo a sonhar — rugiu o Conde. — Tens apenas dezoito anos, e não podes pensar ainda em te casares. Olha, ouve bem: se te aparecer casamento, eu saberei desmanchar!

E retirou-se deixando atrás de si uma desordem de almofadas estripadas e cortinas em tiras que as criadas tentavam arrumar, sem muito sucesso. Mas enfim tudo voltou à calma e Creuza, apesar de assustada, adormeceu de novo. Pé ante pé, a Condessa saiu, seguida pelas outras mulheres. O palácio mergulhou novamente no silêncio e na escuridão.

18.
A SEGUNDA VIAGEM DO PAVÃO

Às duas da madrugada, quando todos no palácio já estavam novamente adormecidos, Evangelista voltou e pousou silenciosamente o aparelho no telhado, descendo pela mesma trilha.

Ao entrar no quarto de Creuza, achou-a mais linda do que antes, dormindo, na inocência de quem vive fora do mundo, embora um leve sobressalto perturbasse o ritmo regular de sua respiração. Com os cabelos espalhados sobre o travesseiro e um leve sorriso nos lábios, assemelhava-se a um anjo que tivesse vindo habitar a terra.

Sutilmente, Evangelista tomou a mão da moça entre as suas. Creuza abriu os olhos, e viu novamente diante de si o jovem misterioso de horas atrás. Ele pôs um dedo sobre os lábios pedindo-lhe silêncio.

— Não tenha medo, donzela — sussurrou Evangelista.

Creuza reuniu toda a sua coragem e balbuciou:

— Q-q-quem é o senhor?

— Sou estrangeiro — disse ele. — A ti, ó mais bela entre as mulheres, consagrei o amor maior e mais forte que um coração de homem já sentiu. Se não te tornares minha esposa, a vida não terá para mim nenhum valor.

O coração de Creuza estava em tumulto. Aquele jovem tão belo, com olhos tão sedutores, as roupas ricas e luxuosas e o calor das suas mãos que ainda retinham a dela deixavam-na extremamente perturbada. Então disse:

— Como é possível que o senhor consiga entrar nesse aposento tão alto e tão isolado? Será que o senhor é mesmo real ou é uma visão, um sonho encantado?

Evangelista estava maravilhado com a melodia daquela voz, que lhe parecia o próprio som de harpas celestiais. Mas encontrou coragem para responder.

— Entrei aqui vencendo todas as barreiras porque te amo! — disse. — Por favor, querida minha, não negues o sim a quem tanto te adora!

Nesse momento, a moça, assustada com a impetuosidade dele, gritou:

— Papai! Venha ver o homem agora!

Ele mais que depressa sacou o lenço e tocou-lhe o nariz, fazendo-a cair sem sentidos. Subiu pela corda, refazendo todo o caminho e ao chegar em cima do telhado, antes de embarcar no pavão, disse:

— O Conde será vencido!

19.
O PLANO DO CONDE

No palácio, o toque da corneta e o brado da sentinela feriram a calma da noite. Luzes se acenderam, ouviram-se gritos, correrias e novamente os criados foram acordados a pontapés pelo Conde que, entrando no quarto de Creuza, encontrou-a novamente desmaiada, não conseguindo falar com ela até que a moça recobrou os sentidos.

— É um caso muito sério o que está acontecendo aqui! Não posso admitir que o meu palácio seja invadido desta forma! Então? O que me dizes? Quem é este homem que te aparece?

Creuza estava a ponto de chorar.

— Mas papai, eu não sei. Não o conheço!

— Só sendo uma criatura do outro mundo! Só chega à meia-noite, entra e sai sem ser notado! De uma coisa eu tenho certeza: se é gente deste mundo usa um feitiço muito bem feito para penetrar onde ninguém conseguiu entrar antes!

A moça estava em lágrimas.

— Não sei de nada, papai! Eu juro que não sei! Quando abri os olhos, o moço já estava aqui dentro do quarto, segurando a minha mão!

— Lacraias! Escorpiões! — esbravejou o Conde. — Segurando a tua mão? Ah, eu vou matá-lo, vou cortar-lhe a cabeça, vou cozinhá-lo em fogo lento, bem lento!

— Papai, eu não sei de nada! — soluçava Creuza, completamente descontrolada. Vendo o desespero da filha, o Conde acalmou-se um pouco e sentou na beira da cama. Ficou alguns minutos em silêncio, pensando.

— Minha filha — disse ele —, eu já pensei num plano. Tive uma ideia muito inteligente. Vou mandar o boticário preparar uma pomada de cor amarela para tu passares na cabeça desse moço sem que ele note. A pomada não pode ser retirada e assim poderemos descobrir quem é esse demônio que ousou burlar a minha vigilância.

— Sim, papai. Farei como o senhor quiser.

O Conde levantou-se:

— Muito bem. Então trata de dormir. Por hoje vou redobrar a guarda, mas amanhã tomarei as minhas providências e garanto que vou solucionar esse mistério!

20.
A TERCEIRA VIAGEM DO PAVÃO

Ao chegar na pensão, Evangelista mais que depressa desarmou o pavão. O aparelho, que há minutos se elevava altaneiro, dominando a cidade, agora estava reduzido à pequena mala original, guardando no interior das suas engrenagens os segredos que tinha presenciado na noite escura de Atenas.

Evangelista, esgotado menos pelos acontecimentos do que pelas emoções, jogou-se na cama sem sequer trocar de roupa e adormeceu profundamente.

No outro dia, ao acordar, deu uma volta pela cidade e enquanto aspirava o ar puro e matinal, pensava cuidadosamente na estratégia que iria adotar para levar a cabo sua missão, que tinha apenas começado.

Refreando sua impaciência amorosa, que o induzia a voltar nesta mesma noite para o lado de Creuza, compreendeu que era melhor não fazê-lo, e passar um tempo sem aparecer.

E assim o fez. Depois de um mês, novamente quando a lua era nova e a noite escura, tomada pelo nevoeiro que providencialmente escondia tudo, o rapaz elevou-se no pavão, e desceu pelo mesmo caminho até a alcova da donzela. Já era a terceira vez que, pela força do amor, o rapaz se arriscava numa empreitada tão difícil quanto perigosa, tão perigosa que jamais tinha sido sequer imaginada por alguém.

Ao ouvir o barulho dos passos de Evangelista, Creuza acordou e viu que não estava sonhando. Na sua frente, com um sorriso nos lábios e uma rosa na mão, estava o rapaz com o qual tinha sonhado todas as noites desde a última visita. Agora, reparando bem, ela o achou ainda mais bonito, de porte mais nobre e delicado. Admirou o desenho amplo da sua fronte, a profundidade do olhar, o encanto da boca e a compleição máscula dos ombros e pescoço. Observou também as mãos, longas, de dedos magros e nervosos e os preciosos anéis que usava. Sua roupa, de alto custo e ornamentada com riqueza era nobre e de bom gosto. A moça sentiu-se dissolver por dentro quando ele se aproximou.

— Boa noite, gentil donzela.

— Boa noite — balbuciou a moça.

— Estou de volta, ó formosa entre as formosas. Venho aqui reafirmar-te a força do meu amor e entregar-te, com esta rosa, as chaves do meu coração.

Creuza levantou-se da cama, embrulhando-se em um véu finíssimo que parecia envolvê-la como uma aura de luz. Sentou-se então em um dos divãs que havia no quarto e recebeu a rosa das mãos do rapaz. Demorou nele os olhos sombreados pelas negras pestanas e falou:

— Tu me dizes que me amas com um benquerer sem fim. Olha: se me amas mesmo, senta aqui, perto de mim. Mas vê bem: exijo respeito.

Evangelista sentou-se e ambos, no início com timidez, mas depois com mais desenvoltura, começaram a conversar. Apesar da situação, eram apenas dois jovens, dois adolescentes se conhecendo e se descobrindo um ao outro, alimentados por uma emoção e um sentimento que os envolvia em uma suave energia amorosa.

Ao puxar para perto de si uma das almofadas do divã, a mão de Creuza tocou num objeto que ela a princípio não reconheceu, mas logo lembrou: era o pequeno pote de louça com a pomada amarela mandada preparar pelo Conde para marcar o rapaz. Se a dúvida passou por algum instante na mente de Creuza, sobre o que deveria fazer, logo se dissipou. Depois de toda a sua vida sob o domínio do Conde, não havia espaço sequer para a ideia da desobediência. Sem que o jovem notasse, a moça untou a sua cabeça com a pomada fatal. Em seguida, levantou-se e fez menção de começar a gritar pelo pai. Uma vertigem toldou-lhe a visão e ela sentiu apenas que uns braços fortes a envolviam, erguiam do chão e delicadamente a colocavam sobre a cama. Depois, perdeu os sentidos.

O rapaz mais que depressa refez o caminho de volta, levando dentro de si a certeza de que, na quarta viagem, levaria ao seu lado a Condessinha estrangeira.

21.
O DESPERTAR DE CREUZA

Ao voltar lentamente do desmaio, a primeira coisa que veio à consciência de Creuza foi o cheiro adocicado que sempre permanecia no ar depois das aparições do rapaz e ao qual ela já tinha associado a presença do Evangelista. Uma leve dor de cabeça a incomodava um pouco e sentia também uma opressão no peito, uma inquietude, uma estranha sensação de que algo estava errado, embora não tivesse uma clara consciência do que era. Presa dessas estranhas emoções, mergulhou num sono inquieto. Acordou no outro dia meditativa, cismada, sem apetite. Não tocou nos delicados bolos e pastéis que a criada havia trazido e embora um perfumoso chá espalhasse pelo aposento o seu aroma, ela nem sequer fez menção de bebê-lo. Junto à janela perdia-se em contemplar o horizonte, imersa em pensamentos.

Como o fazia todas as manhãs, o Conde entrou no aposento para ver a filha e notou que ela estava diferente.

— Minha filha — disse —, parece que estás doente! Estás com enxaqueca, ou com algum outro problema?

— Não, papai — a moça respondeu, desviando o olhar. Mas o pai aproximou-se e forçou-a a encarar-lhe.

— Teu olhar não mente! Isso deve ter sido o tal rapaz encantado que te apareceu, certamente!

Creuza então disse, com a voz pouco firme:

— Papai, eu fiz tudo que o senhor mandou. Ontem à noite, o rapaz me apareceu, e tudo se passou como das outras vezes.

— Como? Como? Fala logo — disse o Conde.

— O que eu quero dizer é que ele foi como sempre delicado, gentil e respeitoso. Aproveitei um momento de distração e passei na cabeça dele a pomada amarela.

O Conde deu uma gargalhada, e levantou-se da cadeira onde estava sentado.

— Vou ordenar aos soldados que patrulhem a cidade e tirem o chapéu de todos os homens que encontrarem. Aquele que estiver com o cabelo amarelo deverá ser trazido imediatamente para cá. Quero me entender pessoalmente com esse indivíduo. E então...

— Então o quê, papai? — balbuciou Creuza.

— Então veremos! — encerrou o Conde, saindo.

22.
A PRISÃO

Enquanto o Conde tramava o que faria se pusesse as mãos no atrevido que invadia o quarto de sua filha, Evangelista, sem de nada desconfiar, caminhava tranquilamente pela cidade gozando da brisa que perfumava a manhã. Para ele, tudo era alegria e satisfação. Julgando-se amado e prestes a concretizar o seu desejo apaixonado, sentia-se o mais privilegiado de todos os mortais. Tão absorto seguia, envolvido em planos para o futuro, que não percebeu quando os soldados o rodearam e tiraram seu chapéu com um gesto brusco. Logo eles viram a parte de trás da cabeça completamente amarela e entenderam que ali estava o homem que procuravam.

— Cidadão, esteja intimado! — disse o chefe do destacamento.

— Mas intimado a quê? — perguntou com espanto Evangelista.

O chefe dos soldados rodeou-o, encarando-o e observando-o bem.

— Você hoje vai falar! — disse com voz cortante. — Você hoje vai ter que se explicar para defender sua vida.

— Mas o que foi que eu fiz? — perguntou Evangelista, que já se sentia perdido.

— Você vai ter que explicar bem direitinho como é que tem falado com a filha do nosso Conde! Quando ele lhe procura, onde é que você se esconde?

Evangelista viu que não adiantava mais negar e começou a pensar rapidamente em uma maneira de escapar.

— E então? Vai falar ou não? — interpelou-o o soldado.

— Ora, faça-me o favor! — retrucou Evangelista. — Então estão pensando o quê? Que serei algum pé-rapado, algum pobretão? Estas minhas roupas são somente um disfarce. Sou rico, muito rico, e sou estrangeiro. Se vão me prender, só podem me acusar do crime de amar a Condessa Creuza. E tem mais: antes de ir com vocês preciso trocar de roupa. Não posso apresentar-me vestido dessa forma ao meu futuro sogro.

Os soldados se entreolharam indecisos. E se o rapaz fosse mesmo rico, importante e viesse a cair nas boas graças do Conde, casando com a moça? Certamente iria lembrar de como tinha sido tratado por eles.

Então, um dos soldados falou:

— Pode ir vestir sua roupa! Onde é que mora?

— Naquele pequeno hotel ali na esquina da praça — respondeu o jovem. — Não se preocupem que não vou fugir. Vocês podem ficar de guarda na porta.

— Então vamos! — disse o comandante, e seguiram todos para o hotel. Os soldados ficaram na entrada com os olhos fixos na escada por onde Evangelista havia subido e entrado por uma porta, visível de onde eles estavam.

No interior do quarto, Evangelista rapidamente vestiu seu belo e rico traje e sobre o peitoril da janela colocou a maleta. Comprimindo em um botão, o maquinismo desdobrou-se em silêncio e o rapaz, embarcando no aparelho, dali saiu voando.

No lado de fora, estranhando a demora, os soldados bateram à porta.

— Amigo, vamos logo! Deixe de tanta demora! Olhe, se não quiser levar um tiro é bom que apareça!

Mas não houve resposta, e eles arrombaram a porta, encontrando o aposento vazio. A janela estava aberta e um dos soldados, olhando através dela, conseguiu ver o moço a bordo do pavão, que se afastava flutuando no céu.

— Perdemos o preso! O moço fugiu voando naquele pavão! — disse o soldado.

— Estamos desmoralizados — lamentou-se o capitão. — Este maldito zombou da nossa patrulha! Esse moço deve ter parte com o Cão!

E ficaram ali, desconsolados, pensando numa maneira de explicar ao Conde o fracasso da missão, enquanto Evangelista, escondido em lugar seguro, esperava que a noite caísse, escura e silenciosa, para ir pela quarta vez à torre onde vivia prisioneira a sua amada.

23.
A FUGA DOS AMANTES

Quando a noite desceu sobre o palácio, Creuza ainda estava mergulhada em profunda tristeza. Tinha passado o dia andando de um lado para o outro, dentro do quarto, olhando sem ver para os telhados da cidade, tentando perceber o que estava acontecendo lá embaixo, buscando, nos sons da vida que acontecia nas ruas onde ela nunca havia pisado, um sinal, uma notícia qualquer do moço a quem havia enganado de forma tão ardilosa.

Fizera, sim, o que o pai mandara, mas usara de um ardil traiçoeiro, abusando da confiança que o jovem nela tinha depositado, quando a seu lado sentou-se para conversar. Recusou a comida que a criada lhe trouxe e como esta insistisse para que ela tomasse algum alimento, ou comesse alguma fruta, perdeu a paciência e com um gesto brusco atirou a bandeja no chão.

— Que queres que eu faça? — perguntou, dirigindo-se à criada. — Que coma? Não tenho fome! Como posso ter fome, como posso ter apetite, se vivo prisioneira desde criança e, quando tenho a oportunidade de sair desta prisão, estrago tudo! Qual foi o crime que cometi, para ser tratada dessa forma? Aqui vejo dia após dia, mês após mês, ano após ano a minha juventude passar, e vejo que o meu pai não tem a menor intenção de me dar a liberdade! Como pode uma pessoa viver assim? Serei alguma criminosa? Aprisionada, sem direito de falar sequer com um criado? Até um rapaz, para me ver, tem que ser encantado? Ah, ele era minha única esperança de liberdade e eu trai a sua confiança! Eu queria tanto vê-lo novamente, queria lhe pedir perdão de joelhos pela traição que lhe fiz! Queria cair nos seus braços e lhe pedir perdão, nem que logo em seguida caísse morta!

Desfeita em lágrimas a moça soluçava e se lamentava. A criada, assustada, saiu correndo do quarto. Creuza, caída sobre a cama, chorou até adormecer, um sono inquieto e entrecortado por profundos suspiros.

Assim ficou adormecida até que um movimento dentro do quarto a despertou. Abriu os olhos e viu na sua frente o rapaz dos seus sonhos, o visitante noturno que pela força do amor já tinha se apoderado do seu coração.

— Perdoa-me! Perdoa-me! — soluçou ela, atirando-se aos pés dele. — Meu pai me obrigou a fazer-te essa traição, mas acredita em mim! Eu não queria! Eu não queria!

O rapaz tomou-a nos braços e ergueu-a, olhando-a bem nos olhos.

— Menina — disse ele —, a mim não fizeste mal. Toda moça é, assim como tu, inocente. O teu medo, o teu receio, que fez com que ouvisses mais o teu pai do que o teu coração, é coisa muito natural. Eu não estou ofendido.

— Mas eu fui muito má contigo — lamentou-se Creuza.

— Isso já passou — disse o jovem. — Sabes o que quero? O meu sonho é que sejas minha esposa. Tenho fortuna e posição e não tenho medo do teu pai. Então, se queres casar comigo, vamos embora antes que o dia amanheça.

Creuza não mostrou um segundo de hesitação.

— Acredito em ti. Se és um homem sério e se queres casar comigo então o jeito é irmos embora mesmo. Se eu falar em casamento, papai manda me matar!

Evangelista soltou uma gargalhada.

—Olha, meu amor: mesmo que teu pai mande exércitos patrulharem todas as fronteiras e navios que percorram os sete mares, a minha viagem é aérea! Meu cavalo anda nos ares! Vai, vai, arruma tuas coisas que nós vamos fugir daqui, vamos casar em outros lugares.

Creuza correu para as arcas onde guardava seus vestidos e apenas tinha começado a arrumar a bagagem, quando a porta foi derrubada com violência e o Conde irrompeu no quarto como um furacão, aos gritos.

— Filha maldita! — berrou. — Vais morrer com teu amante!

Rangendo os dentes avançou pelo quarto com a espada desembainhada em direção ao rapaz. Creuza atravessou-se na frente do pai para proteger seu amado, mas o Conde afastou-a brutalmente com um empurrão.

— Vou matar-te primeiro, maldito! Quero que ela te veja morrer e depois, só depois, a matarei também.

Tão enfurecido estava que não viu quando o rapaz sacou o lenço e com ele tocou-lhe o nariz. O Conde rolou pelo chão, caindo desmaiado pelo efeito anestésico do lenço.

— Vamos, vamos — disse Evangelista, apressando Creuza. — Temos que deixar o sobrado rapidamente antes que teu pai volte do desmaio.

— Já estou pronta — disse Creuza. — Já podemos ir embora.

Subiram então pela corda, até que se encontraram em cima do telhado. A moça não conteve a sua admiração: pela primeira vez enxergava o céu sem os limites da moldura de uma janela. A noite estava terminando e a madrugada já se aproximava. A aurora espalhava pelo céu sua cortina cor-de-rosa e os passarinhos se alvoroçavam, acordando.

Lá embaixo, o Conde começou a dar acordo de si. Voltando do desmaio, sentou-se e ainda tonto olhou em volta tentando entender o que estava acontecendo. Subitamente, lembrou-se de tudo e ao ver a corda pendurada e o buraco no telhado começou a praguejar violentamente.

— Lacraias! Centopeias! Escorpiões! Maldito! Bandido desgraçado! Ladrão de filhas!

Subiu pela corda, mas era tarde demais. O pavão, com as asas desdobradas e os faróis acesos já se elevava no céu. O Conde ainda conseguiu distinguir a jovem Condessa Creuza protegida pelo braço de um jovem, alto, forte e ricamente vestido.

— Maldito! — gritou o Conde. — Desgraçado! Ladrão miserável!

Evangelista acionou então a buzina do aparelho e a ave gigantesca parecia rugir com rouca voz a tripudiar sobre a raiva do Conde. O pavão, no lusco-fusco da madrugada, se assemelhava a um monstro de olhos de fogo que dardejasse seus faróis sobre o Conde.

Aquilo foi demais para o pai da moça. Sufocado pela raiva, caiu desmaiado sobre o telhado, onde mais tarde o encontrou a velha Condessa, em estado de choque, sem reconhecer ninguém.

Os soldados, que estavam de guarda na frente do palácio, viram toda aquela movimentação lá em cima, sem poder interferir. Apesar da altura do sobrado, conseguiram entender muito bem o que ali estava se pas-

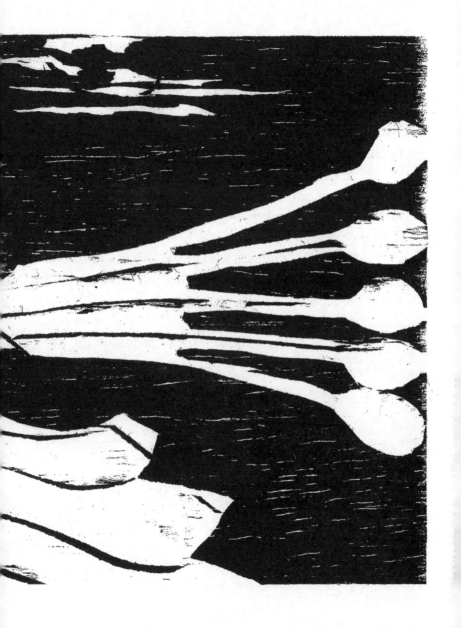

sando. Quando os faróis do pavão se acenderam, um deles chamou a atenção dos outros.

— Venham ver, camaradas! Lá vai passando o pavão!

Era realmente uma coisa bonita de se ver.

— Vejam como ele faz curva, para tomar direção — falou o outro soldado.

— É, meus camaradas! O orgulho é uma ilusão — filosofou um terceiro. — O pai governou com mão de ferro a vida da Condessinha, mas não conseguiu mandar no coração dela.

— E agora a Condessa Creuza vai fugindo no pavão. É o amor, camaradas. E vamos tomar um copo de vinho em homenagem aos noivos, porque isso aí vai dar casamento na certa!

— Vamos, vamos todos — e se dirigiram ao alojamento.

24.
O CASAMENTO

Ao chegarem à Turquia, a bordo do extravagante aparelho, Evangelista e Creuza atraíram para a praça central da cidade uma pequena multidão, no meio da qual desembarcaram. Agarrada ao braço do rapaz, a moça ainda estava assustada e trêmula. A fuga, a viagem, a proximidade de Evangelista e agora a aterrisagem naquela cidade estranha, no meio de tanta gente, tudo isso era emoção demais, era novidade demais, e ela estava prestes a desmaiar.

Evangelista pressentiu a fraqueza da moça e ao mesmo tempo em que sorria e cumprimentava todos os seus conhecidos tentava passar por entre a multidão, mas as pessoas não se moviam. Somente então ele notou que estavam todos completamente maravilhados com a beleza da Condessinha Creuza. Mesmo depois de tantos sobressaltos, a moça conservava aquele poder de magnetizar a todos que a contemplassem.

Evangelista riu e falou:

— Ora, meus amigos, parece que estão todos com cara de bobos! Esta é a minha noiva, a Condessa Creuza, da Grécia. Nós viemos nos casar! — acrescentou, orgulhoso.

Nesse momento, um tumulto chamou a atenção de todos e logo viram aproximar-se João Batista, aos gritos e gargalhadas, feliz com a volta do irmão. Os jovens se reencontraram com um longo e caloroso abraço e em seguida João Batista cumprimentou Creuza.

— Minha linda cunhada — falou —, prepare-se para ter a maior festa de casamento já vista na Turquia! — E com uma reverência cômica, beijou a mão da moça que sorria, já mais à vontade. — Mas vamos, vamos entrar!

Enquanto os jovens iam descansar da viagem e das aventuras, João Batista providenciava o necessário para as comemorações do casamento, que se realizou com toda a pompa naquele mesmo dia.

Nem bem havia acabado a cerimônia chegava um mensageiro, portando um telegrama dirigido à Condessa Creuza. A moça rompeu o lacre e viu que a mensagem era da sua mãe. Dizia: "Creuza, vem com teu marido receber a tua herança, pois teu pai já é falecido. Venham tomar conta do reino pois estou velha e tudo o que desejo agora é brincar com os netos que vocês vão me dar".

Resolveram então os noivos retornar à Grécia, mesmo enfrentando os protestos de João Batista. Subiram no pavão, depois de se despedirem. A visão de Creuza vestida de noiva, com o rapaz ao seu lado, orgulhoso e feliz, foi o último quadro que ficou gravado na retina de todos que ali estavam. E enquanto o pavão alçava voo, no rumo do seu destino, ouviu-se o comentário de João Batista:

— Este é o triunfo do verdadeiro amor!

25.
FIM DA HISTÓRIA

Então, a cigana Gipsy se calou. A sua voz ainda ficou vibrando na praça do pequeno vilarejo, como uma nota de encantamento, um ruflar de asas de borboleta, enquanto toda aquela gente permanecia ali parada, estática, presa ainda da magia e da fascinação da história. Nesse momento, ouviu-se um grito.

— Eulália! Eulália!

Era o rapaz, que de repente tinha se lembrado da moça e estava ali desorientado, no meio daquela feira, sem saber direito o que estava fazendo, o que estava sentindo.

— Meu Deus! Agora eu me lembro! E eu deixei a pobrezinha debaixo daquela árvore esperando por mim... há quanto tempo? — Olhou para o irmão, que, parado ao seu lado, não estava entendendo nada. — Vamos, vamos depressa, meu irmão!

O outro nada entendeu.

— Vamos aonde?

— Vamos buscar a minha noiva.

— Noiva? Mas que história é essa? Então tu és noivo? E por que não nos contaste?

— Nada disso agora importa. Depois te conto tudo. Vamos, vamos! — E foi saindo, apressado, mas parou, voltou-se, e aproximando-se da cigana tomou-lhe as mãos e beijou-as. — Deus te pague, minha cigana. Foi a magia da tua história que me fez lembrar da minha amada. Deus te pague. Adeus!

E saiu, quase correndo, acompanhado pelo irmão. Gipsy ficou sorrindo levemente, pensativa. Olhou então para Pedro Firmo, que disse:

— Taí, gostei de ver. Você sabe, minha cigana, que eu estou até emocionado com essa história toda? E agora? O que é que a gente vai fazer?

— Agora? Agora o rapaz já deve ter encontrado a moça, e se ela é tão inteligente quanto parece ser já devem estar indo os dois em direção à casa da mãe dele para começar a correr os proclamas do casamento. O velho também deve já estar sentindo que o feitiço foi desmanchado, e que ele agora está livre para ir para onde quiser.

— E vosmecê, vai pra onde?

— Ora, Pedro Firmo! Eu vou ficar por aqui uns dias, contando umas histórias para esse povo. Depois, só Deus sabe. Mas o que é que você ainda está fazendo aqui? Corra e vá pegar sua montaria com o velho feiticeiro que ele já deve ter providenciado tudo para sua viagem. Vá, vá, homem de Deus!

E Gipsy saiu, cantando:

É uma moça pra casar
Duas canadas de vinho
Três parelhas de padrinho
Quatro padres no altar
Cinco ferros de engomar
Seis horas por cada dia
Sete cartas de alforria
Oito marcantes de xote
Nove negros no chicote
Dez doutor de engenharia

São dez mestres carpinteiros
Nove fardos de algodão
Oito bois de carretão
Sete negros feiticeiros
Seis serventes de pedreiros
Cinco leitões pra guisar
Quatro bodes para assar
Três fazendas de herança
Dois anéis de aliança
E uma moça pra casar

26.
O CARRO DE FOGO

Pedro Firmo, ainda desnorteado pelos acontecimentos, quase voava pelo caminho de volta ao local onde havia deixado o velho.

Ao se aproximar de lá, antes de divisar o local, ouviu o relincho forte de um cavalo. Viu então o velho de pé, a segurar pelas rédeas um cavalo preto, de pelo tão brilhante que parecia ter sido lavado e escovado naquele instante. Os arreios e a sela também pareciam recentemente lustrados e o sol brilhava nas fivelas e ornamentos de prata que guarneciam a sela.

— Finalmente! — falou o velho. — Pensei que não viesse mais. Aqui está sua montaria.

Entregou as rédeas a Pedro Firmo, que estava maravilhado com a aparência do animal e a riqueza dos ornamentos.

O velho continuou:

— No alforje tem comida e água. O nome do cavalo é Pensamento, e ele é mais rápido do que o vento ou o raio. Deixe ele correr solto, que ele saberá lhe levar aonde for preciso.

Pedro Firmo já estava verificando as correias da sela e apertando as fivelas, enquanto acariciava as longas crinas negras do animal. Antes de montar, estendeu a mão ao velho em despedida.

— Então... Já é hora. Estou indo.

— Boa viagem — disse o velho. — Mas vá, vá, não se demore.

— E o senhor? — perguntou Pedro Firmo. — Como vai sair daqui?

— Tenho meus próprios meios — disse o velho, impaciente. — Não se preocupe comigo. Agora ande, vá!

Pedro Firmo cavalgou o animal que, assim que se viu montado, tomou um passo ligeiro e tão macio que parecia uma liteira. Ao chegar na curva da estrada, o seleiro voltou-se e viu que o velho se encontrava parado, olhando ao longe, como se estivesse à espera de alguma coisa.

Nesse momento, um vento súbito varreu o ar, levantando um torvelinho de poeira e folhas secas. Surgiu uma grande nuvem envolvida por labaredas de fogo trazendo no seu centro, flutuando acima do chão, um objeto semelhante a um carro. Apesar de flutuar, o carro tinha rodas e cada roda tinha quatro faces que, quando giravam, era como se estivessem entrando uma por dentro da outra. As rodas giravam em todas as direções ao mesmo tempo e era algo maravilhoso de se ver.

O barulho do aparelho era como um som de asas,

de muitas águas, ou como fogo crepitando, ou ainda como o tropel de uma multidão e, enquanto as rodas se moviam, brasas de fogo eram espalhadas ao redor, rolando incandescentes sobre a aridez da caatinga. O velho permanecia de pé, imóvel, de olhos fixos no carro, enquanto este se aproximava. De repente, de dentro da estrutura, saiu uma mão que tomou da mão esquerda do velho e o puxou para dentro. O veículo elevou-se e o barulho aumentou de intensidade, transformando-se num zunido altíssimo, enquanto as rodas, à medida que aumentavam sua velocidade, enchiam-se de olhos luminosos que mostravam a direção.

Essa terrífica visão durou apenas um instante, pois logo o carro foi engolido por uma nuvem de fogo que se distanciou e sumiu, levando o velho no seu interior.

Pedro Firmo, abismado com todos esses prodígios, ficou ainda por um momento estático, na curva do caminho. Estranhamente, o cavalo negro não tinha se assustado com todo aquele barulho e, com uma leve pressão nos joelhos, o seleiro retomou a andadura do animal, desistindo de uma vez por todas de compreender o que ali havia se passado. Reiniciou a longa viagem, enquanto o silêncio voltava a reinar sobre a paisagem lunar da caatinga.

27.
A CIDADE DOS RIOS E DAS PONTES

Depois do fantasmagórico desaparecimento do velho, arrebatado pelo estranho veículo de fogo, Pedro Firmo tinha percorrido léguas e mais léguas através da caatinga escaldante e deserta, embalado pelo passo suave do cavalo misterioso. De repente, quase num passe de mágica, viu-se em uma cidadezinha e notou que o cavalo se dirigia, como se soubesse o caminho, para a estação do trem.

Depois de apear-se, tirando sua bagagem da sela, Pedro Firmo recuou assustado quando o cavalo ergueu-se nas patas traseiras, relinchou alto e disparou velozmente, afastando-se do local. Antes que Pedro Firmo se refizesse da surpresa, o ar foi invadido pelo som do apito de um trem que se aproximava. Na estação, o condutor tocava o sino enquanto gritava:

— Olha o trem! Trem para o Recife!

Pedro Firmo só teve tempo de embarcar e o trem já estava se deslocando, correndo veloz sobre os trilhos. Ao se sentar no banco do vagão, nem percebeu a dureza e o desconforto do assento. Baixou o chapéu sobre

os olhos e adormeceu, acordando apenas quando já havia anoitecido e o trem estava quase entrando na grande cidade. Para quem nunca tinha saído do interior de Minas, tudo aquilo era uma grande novidade. Os cheiros, as cores, os sons, tudo, tudo assumia um colorido e uma atração tal aos seus sentidos excitados. Ao desembarcar do trem, teve que tomar muito cuidado para não se perder, mas, desconfiado e caladão como era, com sua feição rude e áspera e sua cara de poucos amigos, manteve a distância os malandros que sempre espreitam nesses lugares a chegada de pessoas simples e crédulas. Depois de pedir algumas informações, dirigiu-se a uma pensão no bairro de São José, próximo à estação ferroviária, onde se hospedou e agora estava deitado na cama, recordando os acontecimentos dos últimos dias enquanto fumava seu cigarro de palha. Não havia um só osso do seu corpo que não doesse e o banho que tomara há pouco, apesar de desentranhar a poeira que tinha se alojado em cada dobra de pele, não fora suficiente para aliviar-lhe os músculos fatigados. Enquanto fumava, planejava o que faria no dia seguinte.

28.
A TABACARIA FLOR DE MAIO

Pedro Firmo acordou sem se lembrar direito de onde estava. O cheiro do café, o barulho dos outros hóspedes e o ruído do tráfego na rua ajudaram-no a recordar de tudo e mais que depressa pulou da cama. Vestiu-se, tomou café e saiu.

Carros buzinando, vendedores ambulantes apregoando suas mercadorias, camelôs enchendo as estreitas calçadas com suas bancas, crianças correndo, tudo isso contribuía para tornar a pequena rua do bairro de São José um mundo colorido, cheio de sons e cheiros que Pedro Firmo não conhecia. Tendo passado toda a sua vida em uma fazenda longe de tudo, conhecendo apenas as pequenas vilas e cidades da região, aquela avalanche de estímulos visuais e sonoros era algo que ele jamais tinha experimentado.

Saiu então andando quase a esmo, a percorrer as apertadas ruas do bairro, procurando reconhecer na paisagem aquilo que tinha visto nos sonhos. De repente, uma dessas ruas desembocou numa avenida larga, onde trafegavam muitos carros, ônibus e caminhões. Ha-

via mais gente, mais vendedores, mais camelôs, mais cores, sons e cheiros do que nas ruazinhas. Pedro Firmo parou, meio tonto com tanto movimento e olhou para o céu azul, a única coisa familiar para ele no meio daquela confusão. Ficou parado na calçada, no meio do povo que caminhava, e quando tirou os olhos do céu viu a igreja que ficava do outro lado da avenida, majestosa e bela nas suas torres barrocas, que um transeunte lhe disse ser a Igreja de Nossa Senhora do Carmo. Viu também os altos edifícios e as lojas cheias de artigos de luxo nas suas vitrines.

Naquele instante, uma campainha estridente começou a tocar e ele observou que os carros paravam enquanto as pessoas atravessavam a avenida, todas em um lugar determinado. A campainha parou e os carros voltaram a trafegar. Pedro Firmo esperou e, ao toque seguinte da campainha, passou com toda aquela gente para o outro lado da avenida.

Tomou por uma ruazinha estreita ao lado da igreja, andando lentamente pela calçada e vendo as lojas, restaurantes, barbearias, sorveterias e as pessoas elegantes que por ali transitavam. Pedro Firmo chegou ao final da rua, onde parou, olhando para o alto, embevecido com os desenhos coloridos que viu na parede de um edifício. Distraído, quase não viu o rio.

Era o rio Capibaribe, que se estirava indolente en-

tre as avenidas do Recife, e corria mansamente sob as velhas pontes, qual cobra preguiçosa, carregando no seu dorso barcos de diversos feitios. Iluminado pelo sol oblíquo da manhã, o rio mostrava um espetáculo bonito de se ver, brilhante e dourado como uma fita amarela. Pedro Firmo repousou os olhos naquela visão, reconhecendo cada um dos detalhes que já tinha visto em tantas noites de sonhos, e seguiu pela margem, acompanhando o trajeto do rio por entre os edifícios e sobrados que o ladeavam. Foi também sem o menor espanto que viu a ponte, com sua estrutura metálica formando triângulos que se entrecruzavam. Subiu na ponte e atravessou-a, como já tinha feito centenas de vezes, e ao sair dela não precisou nem olhar: ali estava a tabacaria, a segunda casa à direita de quem descia da ponte.

Era uma construção simples, com a parte térrea encimada apenas por um andar, de fachada singela, pintada de rosa. Na sua parte superior, uma placa mostrava o desenho de dois charutos superpostos em forma de xis e o letreiro *TABACARIA FLOR DE MAIO*. Duas largas portas se mantinham abertas, mostrando um balcão e armários de madeira. Pedro Firmo sabia que a terceira porta, mais estreita, que se encontrava fechada, levava a um corredor que conduzia à sala de jantar. E era aí que estava seu tesouro enterrado.

Mas como fazer para chegar até lá? Pedro Firmo sa-

bia que não podia simplesmente ir até o proprietário e dizer: "Bom dia. Eu sou Pedro Firmo, e vim abrir um buraco no meio da sua casa para arrancar um tesouro que me pertence...". Além do mais, o proprietário, que ele podia vislumbrar no interior da loja, atrás do balcão, era um homem gordo, de grandes bigodes, voz muito grossa e do qual emanava uma autoridade natural indiscutível e que Pedro Firmo não desejava por à prova.

Parado em frente à tabacaria, do outro lado da rua, Pedro Firmo preparou com calma um cigarro, encostou-se num poste e ficou fumando, pensando como faria para alcançar o seu objetivo. E assim passou-se a manhã, a tarde, veio a noite, e o outro dia, e Pedro Firmo nada de tomar qualquer atitude. Não conseguia articular um plano, uma estratégia de ação, nada. No terceiro dia, no meio da manhã, quando ele ainda se encontrava no seu posto de observação, foi surpreendido por quatro soldados de polícia que lhe deram voz de prisão.

29.
NA DELEGACIA

Pedro Firmo estava completamente desorientado. Caminhando entre os soldados, com o sol forte do meio-dia caindo reto sobre sua cabeça, ele não sabia no que pensar. Ao ser abordado pelos soldados, truculentos e ríspidos, ainda pensou em reagir, pois trazia à cintura sua inseparável faca. Mas os soldados tinham revólveres e Pedro Firmo nunca havia usado a faca a não ser para cortar o couro com que trabalhava e picar o fumo do seu inseparável cigarro.

Os soldados, sem responder às suas perguntas, somente diziam que o estavam levando para falar com o delegado. Cabeça baixa, o seleiro os acompanhava, com os olhos no chão, envergonhado de andar pela rua naquela situação vexatória, preso como um criminoso. O fato de estar em uma cidade estranha onde ninguém sabia quem ele era não aliviava sua vergonha e seu constrangimento.

Presa desses sentimentos, chegou até a delegacia, onde o colocaram em uma saleta e o deixaram sozinho, depois de trancarem a porta à chave.

Depois de cerca de meia hora, que a Pedro Firmo pareceu durar um século, um dos soldados voltou.

— O senhor me acompanhe — disse o soldado, e saiu em direção aos fundos da delegacia, onde se encontrava a sala do delegado.

Pedro Firmo entrou atrás dele em uma sala atravancada de móveis, com dois birôs, vários arquivos de metal, cadeiras, estantes, tudo em desordem e pouco limpo. Sentado a uma das mesas, o delegado era a antítese da sala: limpo, barbeado, de terno e gravata, quase elegante. Ao lado dele, um homem forte e bigodudo que Pedro Firmo identificou, apreensivo, como o dono da tabacaria Flor de Maio.

O delegado ordenou-lhe que sentasse enquanto o observava, como se quisesse perfurá-lo com o olhar. Olhava, olhava, e Pedro Firmo sentiu-se cada vez mais intimidado.

— Como se chama? — perguntou o delegado, quase de repente.

— Pedro Firmo — respondeu o seleiro. — E não sou ladrão nem assassino para ser preso desse jeito — disse, num rasgo de coragem.

— Isso é o que vamos ver. Agora, quero ver seus documentos.

Pedro Firmo entregou os documentos ao delegado, enquanto o dono da tabacaria acompanhava o diálogo em silêncio.

Como os papéis estavam em ordem, o delegado

espalmou as mãos sobre o tampo da mesa, recostou-se na cadeira e começou a falar:

— Bem, senhor Pedro Firmo. Eu quero que o senhor me explique, tim-tim por tim-tim, o que fazia parado na frente da loja aqui deste senhor.

O silêncio dominou a sala enquanto Pedro Firmo procurava em desespero uma resposta que satisfizesse o delegado.

— Vamos — disse este. — Estou esperando.

— Estava somente olhando.

— Olhando? Essa é boa! Olhando o quê?

— Olhando a loja.

O delegado estava prestes a perder a paciência.

— Olhe aqui: o senhor não pense que me faz de bobo. Então quer me dizer que está há três dias olhando a loja aqui do meu amigo só por olhar? Só por achar a fachada bonita?

— É isso mesmo — falou Pedro Firmo.

A essa altura, o dono da loja, que até então não havia interferido na conversa, olhou para Pedro Firmo com ar de escárnio e soltou uma gargalhada.

— Arranje outra desculpa, cidadão. Veja só, Pereira: há três dias que esse sujeito está plantado na frente da minha casa, e não faz outra coisa a não ser observar. Com certeza anda planejando um roubo. Ou quem sabe, quer me assassinar.

O delegado, que Pedro Firmo agora sabia chamar-se Pereira, levantou-se da cadeira e vagarosamente aproximou-se do seleiro, contornando a cadeira em que este estava sentado mas sem deixar de encará-lo.

— Vamos, rapaz! Você não está vendo que a cada minuto se complica mais? Fale logo! Seus documentos estão em ordem, você não tem ficha por aqui e suas mãos não são de ladrão: são de trabalhador. Olhe: eu vou lhe dar só uma oportunidade, mas se você não se explicar eu lhe tranco numa cela.

Pedro Firmo avaliou a situação. Viu que estava numa cidade estranha onde não conhecia ninguém e a única pessoa que lhe podia valer era o seu patrão, o fazendeiro, que não sabia sequer onde ele se encontrava agora. Compreendeu também que o comerciante dono da tabacaria era amigo pessoal do delegado e que ele, Pedro Firmo, havia tido uma atitute realmente suspeita quando se postara por três dias a fio diante da loja do outro, a observar, semeando a desconfiança e o temor.

Que justificativa poderia oferecer para sua atitude? Que história, que desculpa poderia explicar de forma plausível o que ele havia feito? E como poderia, sem passar por louco, cumprir o destino que o havia trazido até ali, tão longe de casa, da sua saudosa Porteira Roxa, em busca do tesouro que ele sabia estar escondido dentro daquela casa, esperando apenas que ele viesse buscá-lo?

O comerciante e o delegado Pereira esperavam, encarando-o com olhos impacientes e irritados. Pedro Firmo viu que só havia uma saída: contar a verdade, por mais estapafúrdia que pudesse parecer.

— Tudo bem — disse, depois de respirar fundo. — Eu vou falar e peço que acreditem em mim porque tudo o que eu vou dizer é verdade.

— Então fale, homem — disse o delegado.

Pedro Firmo começou.

— Como o senhor vê, eu não sou daqui. Não sou um homem rico e venho de muito longe, uma viagem muito comprida, em busca de um sonho.

— Um sonho? — interrompeu-o perplexo o delegado, enquanto o comerciante permanecia em silêncio.

— Sim, doutor. Um sonho. — Pedro Firmo, tendo recuperado sua segurança, agora tinha a voz mais firme e o olhar brilhante, falando pela primeira vez a alguém daquilo que era o assunto mais importante da sua vida. — Há anos que sonho com uma botija enterrada, à minha espera. Essa botija, que vi no meu sonho com toda clareza, da mesma forma que estou vendo agora o senhor e o seu amigo, está enterrada na loja desse senhor, abaixo do degrau que fica entre o corredor e a sala de jantar.

O comerciante deu uma palmada forte sobre a coxa e riu.

— Era só o que faltava! E o senhor então quer ir cavar no chão da minha casa para procurar o seu tesouro? Não acha que está querendo um pouco demais?

— Pois é — Pedro Firmo concordou. — Como é uma coisa muito descabida e eu sabia que não podia ir entrando pela sua casa lhe pedindo para cavar o chão é que eu fiquei ali, sem saber o que fazer mas também sem querer desistir, esperando que aparecesse uma solução.

— Tem muita gente doida no mundo, ouviu, Pereira? — falou então o comerciante, dirigindo-se ao delegado.

Pedro Fimo, agora mais à vontade, argumentou:

— Sei que realmente parece coisa de louco mas se o amigo tivesse um sonho por mais de trinta anos seguidos, como eu venho tendo, compreenderia o que quero dizer.

— Isso é o que o senhor pensa — retorquiu o comerciante, enquanto o delegado Pereira acompanhava a conversa com atenção. — Eu também tenho um sonho desse tipo. Imagine o senhor que desde que eu sou menino sonho com uma fazenda no interior de Minas Gerais que tem uma porteira toda roxa. Nos fundos dessa fazenda há um barracão, ou um paiol, uma construção muito antiga, muito velha. Pendurado na parede dos fundos desse barracão, no meio de muita coisa velha, de muita tranqueira, tem um surrão de couro cheio de ouro

à minha espera. Mas nem por isso eu vou sair por aí feito um maluco, procurando essa tal fazenda da porteira roxa e invadindo o barracão alheio em busca de tesouro. Isso não tem o menor cabimento!

Enquanto o comerciante contava sua história, Pedro Firmo ia ficando cada vez mais surpreso, tomado pela súbita compreensão daquilo que o outro estava dizendo. A fazenda da qual o homem estava falando só podia ser a sua querida Porteira Roxa, e o barracão do sonho do outro era o seu barracão, dentro do qual dormia todas as noites desde menino. Na parede dos fundos havia realmente muitos objetos fora de uso, alguns dos quais estavam encostados ali há muitos anos, nos quais ninguém mexia há décadas.

Sua mente trabalhava com rapidez na tentativa de vislumbrar como poderia sair dali o mais breve possível, agora que sabia onde realmente seu tesouro estava escondido, somente esperando por ele.

— Pois muito bem — Pedro Firmo dirigiu-se ao delegado e ao comerciante. — Confesso que a minha atitude realmente não tem muita lógica.

O comerciante concordou.

— É o que estou dizendo. Coisa de doido.

— Está certo. Então eu queria pedir desculpas. Reconheço que o que fiz não faz sentido, e como não cometi nenhum crime peço aqui ao doutor delegado para me liberar. Prometo pegar o primeiro trem de volta para minha terra.

— Da minha parte tudo bem — falou o comerciante. — Desde que não fique mais plantado o dia inteiro diante da minha loja e nem invente de cavar o piso da minha sala de jantar...

— Não, não, de jeito nenhum. Prometo pegar o primeiro trem de volta.

O delegado, que tinha acompanhado toda a conversa em silêncio, interveio.

— Então estamos todos de acordo. Não houve crime, não houve infração. O amigo volta para a sua loja e o cidadão aqui pega o primeiro trem. Estamos entendidos?

— Está certo — concordou Pedro Firmo.

— Por mim, tudo bem — disse o comerciante.

O delegado continuou:

— E para garantir que tudo vai decorrer da forma que combinamos, o praça vai acompanhar o senhor até a estação, somente para se certificar de que embarcou realmente no trem.

Pedro Firmo já estava de pé, impaciente agora para voltar. O delegado devolveu seus documentos e chamou o praça. Saíram então para a rua cheia de sol, que brilhava como o ouro que jazia escondido, à espera de Pedro Firmo.

30.
O FINAL

Três dias depois, no final da tarde, Pedro Firmo avistou ao longe a Porteira Roxa. A viagem de volta tinha sido lenta para a sua impaciência. A pequena estação de trem estava quase vazia quando a composição parou, e o seleiro venceu em passo rápido os poucos quilômetros que o separavam da entrada da propriedade.

O sol descambava por trás dos morros e a porteira da fazenda se mostrava em toda a sua glória colorida, pois era época de floração dos ipês. Parecia que aquela festa toda tinha sido encomendada de propósito para esperar Pedro Firmo.

Passada a porteira, ele andou rapidamente para o barracão, onde entrou, parando um pouco para se acostumar com a obscuridade que reinava lá dentro. A posição oblíqua do sol fazia com que seus raios cortassem diagonalmente o espaço, espremendo-se pelas frestas do telhado e das paredes, como espadas de luz. Parado, ainda indeciso, Pedro Firmo respirou fundo e dirigiu-se para a parede dos fundos, onde se amontoavam pendurados e espalhados pelo chão bancos, ferramentas, selas, pilões, arreios, silhões e outros objetos que ali vinham se acumulando ao longo do tempo.

A poeira que os cobria levantou-se como uma nuvem que o fez tossir, enquanto removia toda aquela tralha do chão para se aproximar da parede onde já vislumbrava, pendurados em ganchos, velhas selas, sacos, bolsas e outros objetos, até que encontrou o que procurava: um velho surrão, ou bolsa de couro, tão antigo e ressecado que parecia estar ali desde a criação da fazenda. Pendurado em uma escapa de madeira fincada nas alturas da parede, era impossível retirá-lo sem uma escada.

Pedro Firmo, impaciente, ansioso, puxou a faca da cinta e cravou-a no couro, que se rompeu com facilidade. Pelo rasgão começaram então a cair moedas e mais moedas de ouro, que juncaram o chão aos seus pés, reluzindo à luz das lâminas de sol que entravam no barracão.

O coração do seleiro palpitava tão alto que poderia ser ouvido a quilômetros de distância. De pé, com aquele tesouro derramado à sua frente, a faca ainda na mão, estava paralisado pela alegria, pela surpresa, pela maravilha do acontecimento.

Uma risadinha veio tirá-lo do estado de estupor em que se encontrava. Virou-se e viu, à porta do barracão, contra a luz da tarde, a cigana Gipsy, que entrou no barracão naquele passo macio e deslizante, quase dançado.

Seus olhos tinham um brilho moleque, acompanhado de um sorriso.

— Então, Pedro Firmo! Encontraste finalmente o teu tesouro!

— A senhora? Aqui? — falou o seleiro.

A cigana colocou de pé um dos bancos que estava caído, sentou-se e foi falando, enquanto alisava a saia:

— Ainda não te acostumaste comigo? Sempre apareço quando é necessário, e agora é preciso que eu esteja aqui para que a gente possa concluir essa história.

— Pois é — disse ele. — Afinal meu sonho mostrou que era verdadeiro. Mas tive que ir tão longe... E estava tudo isso aqui o tempo todo... Tão pertinho de mim!

— Mas é exatamente isso — falou Gipsy. — Nada disso tu terias merecido se não tivesses tido a coragem de seguir o teu ideal. Na viagem em busca dele aprendeste coisas, conheceste terras distantes, ajudaste a quem precisava, e compreendeste valores que de outra forma jamais terias conseguido entender. E agora... Agora o tesouro é teu. Emprega bem aquilo que conseguiste e desfruta bem desta riqueza, já que fizeste por merecê-la.

Pedro Firmo perguntou:

— E a senhora?

— Eu? — falou Gipsy, levantando-se. — Vou por aí, contando histórias, resolvendo problemas e dificuldades, ajeitando uma coisa aqui, outra ali... cumprindo minha sina.

Aproximou-se da porta e foi saindo, sempre no seu passo dançado.

— Fica com Deus, Pedro Firmo — e seguiu.

— Até mais ver — respondeu o seleiro, sentindo pela primeira vez dentro do seu coração uma paz muito grande, uma calma imensa, uma tranquilidade de dever cumprido, de satisfação consigo mesmo, enquanto o vulto colorido da cigana desaparecia pouco a pouco, qual uma visão de sonho, na estrada iluminada pelas nuvens douradas do entardecer.

FIM

AO LEITOR

Esta narrativa que você acabou de ler foi construída com três histórias que me acompanham desde a infância.

A primeira delas é a história de Pedro Firmo, que meu pai, tendo passado toda a sua juventude em Recife, a ouvira contar pelo pai dele. O tema da busca do sonho é recorrente nas literaturas populares do mundo inteiro e vários escritores, a exemplo de Jorge Luis Borges ("História dos dois que sonharam", no livro *História universal da infâmia*), Maurice Maeterlinck (*O pássaro azul*), Paulo Coelho (*O alquimista*), desenvolveram esse tema, cada um à sua maneira.

A segunda história, a de Eulália e seu pai feiticeiro, me foi contada quando eu era criança por Severina de João Congo, uma antiga empregada da minha mãe, natural do município do Congo, na região do Cariri paraibano. Estando praticamente esquecida dessa história, voltei a encontrá-la no excelente livro de Jerusa Pires Ferreira, *Armadilhas da memória: conto e poesia popular* (Salvador, Fundação Casa de Jorge Amado, 1991). Ao ler o livro, onde ela faz um ensaio crítico sobre este conto, lembrei-me de novo de toda a história e aqui a recontei.

O pavão misterioso é a terceira história, contada em versos por José Camelo de Melo Rezende em um dos mais famosos folhetos de toda a literatura de cordel. Durante toda a minha vida fui acompanhada por essa história, recitada por mamãe nos longos serões da minha infância até que, em 1996, adaptei-a para o teatro. Adaptar é maneira de dizer, porque o folheto é tão perfeito, tão bem escrito e arquitetado do ponto de vista dramatúrgico, que não mudei nada; apenas criei a personagem da cigana Gipsy para contar a história, que era representada pelos atores.

Neste livro, transformo toda a história em prosa, incluindo as descrições de pessoas e lugares que não existem no folheto. Mantive rigorosamente a estrutura original e, se o leitor conhecer os versos, vai identificá-los misturados ao texto em prosa.

Finalmente, como quem conta um conto aumenta um ponto, aumentei aqui, diminuí ali, modifiquei acolá, e se você tiver tanto prazer lendo *A botija* quanto eu tive ao escrevê-la, já terei me dado por bem-recompensada.

Clotilde Tavares

O QUE É LITERATURA DE CORDEL?*

A LITERATURA DE CORDEL

Uma das mais poderosas manifestações da cultura do povo nordestino é a sua literatura. O folheto, o desafio, o repente, as lendas, as histórias, as fábulas, os romances e as anedotas representam bem o espírito nordestino, além de demonstrarem a sua verve, a sua poética, a sua criatividade.

A literatura de cordel, uma dessas manifestações, consiste em histórias em verso, toscamente impressas, vendidas nas feiras livres e mercados populares do nordeste e de outros estados onde há aglomerações de migrantes nordestinos. O público leitor não lhe dá esse nome, mas o chama de "folheto", "foiêto" ou "verso de feira". O seu conteúdo fornece

---

* Para escrever este artigo consultei basicamente a obra *Autores de cordel: seleção de textos e estudo crítico*, de Marlyse Meyer (São Paulo, Abril Educação, 1980, Coleção Literatura Comentada). Além dos excelentes artigos, esta obra contém ainda a transcrição integral de mais de vinte folhetos dos mais variados gêneros. É uma obra indispensável para quem quiser compreender o que é a literatura de cordel, e excelente como leitura inicial para quem nada sabe sobre o assunto, pela sua linguagem acessível e abrangência dos aspectos abordados.

uma ideia bem precisa de como as classes populares vivenciam, sentem e trabalham o seu cotidiano. Existe ainda toda uma estrutura de criação, edição, impressão, distribuição e consumo da literatura de cordel, e esses vários aspectos têm sido estudados pelos pesquisadores.

Uma vasta bibliografia já foi produzida ao longo dos anos e alguns desses livros encontram-se referidos mais adiante, na "Bibliografia recomendada".

QUAL A SUA ORIGEM?

As origens da literatura de cordel, no que se refere à sua temática, remontam à Idade Média, na Europa, através da divulgação de velhas histórias que a memória popular foi conservando e transmitindo através de gerações. Eram os romances de cavalaria, do ciclo de Carlos Magno e os Doze Pares de França e do ciclo de Amadis de Gaula; os romances de amor; as histórias de guerra e heroísmo; as narrativas de viagens e conquistas marítimas. Além desses temas, havia os fatos recentes e acontecimentos que suscitavam a atenção da população.

Essas histórias, compostas por tipógrafos anônimos, eram impressas de maneira primitiva em livretos, ou folhetos, que eram vendidos nas feiras pendurados em barbantes, ou "cordéis", originando-se daí o nome "literatura de cordel".

Chegaram esses livretos até o Brasil na bagagem dos colonos portugueses, por volta dos séculos XVI e XVII. Eles traziam folhetos e histórias decoradas, que se transmitiam de pai para filho, perpetuadas e enriquecidas na memória do povo. Na França chamou-se de literatura de *colportage* (mascate); na Inglaterra, *chapbook*, ou balada; na Espanha, *pliego suelto*; em Portugal, *literatura de cordel* ou *folhas volantes*. Na Europa, com o aparecimento da imprensa e sua posterior modernização, acarretando o surgimento do jornal e a popularização dos livros, este tipo de literatura foi diminuindo de importância, estando praticamente desaparecido em Portugal, Espanha e França.

No Nordeste brasileiro, por suas condições socioculturais peculiares, foi possível o seu desenvolvimento e persistência tal como se apresenta atualmente. Como características mais importantes da realidade nordestina do século passado que favoreceram a permanência da literatura popular em verso, podemos citar seu isolamento em relação às províncias mais adiantadas do sul do país, o analfabetismo em massa reinante na época, a organização patriarcal da sociedade, as secas periódicas provocando desequilíbrios socioeconômicos geradores das manifestações messiânicas, do cangaço e das lutas de família.

QUAIS AS SUAS CARACTERÍSTICAS?

O folheto é um livreto com dimensões de 15 x 11 cm, geralmente impresso em papel jornal. O número de páginas varia entre 8, 16, 32 e 48. Os mais curtos, de 8 e 16 páginas, são geralmente os folhetos que contam sobre algo acontecido na região, os chamados folhetos *noticiosos*, e os mais longos de 32 e 48 páginas, são os *romances*, que narram histórias de ficção.

Geralmente são escritos em *sextilhas*, que são estrofes de seis linhas com sete sílabas cada uma (empregando o verso que costumamos chamar de redondilha maior), com o seguinte esquema de rimas: AXBXCX ou AXBXCCX. Mais raramente podem ser escritos em septilhas ou décimas, sendo que estas últimas obedecem ao esquema de rimas já consagrado na cantoria de viola (ABBAAXXOOX).

A capa de um folheto de cordel é uma das suas mais marcantes características. Também em papel jornal, mas colorido, em cores claras nos tons verde, amarelo, rosa ou azul, traz geralmente uma xilogravura alusiva ao assunto de que trata o folheto. No entanto, esse uso da xilogravura é recente. Antigamente, a capa do folheto trazia apenas o título e um ou outro ornamento gráfico. Depois, foi introduzido o costume de se ilustrar a capa com postais de artistas de cinema e, mais recentemente, o uso da xilogravura. Nas contracapas há informações variadas, como dados do autor, avisos, propagandas, horóscopos e outros.

Quanto à temática, os folhetos abordam assuntos tão diversos quão diversa é a realidade das comunidades às quais atinge. Tanto é assim que o tema da classificação da literatura de cordel tem sido objeto de estudo de pesquisadores variados, ensejando sempre novas abordagens.

Quais os seus temas?

De forma sumária, podemos dizer que os folhetos versam sobre os temas a seguir:

— Romances de amor e sofrimento: são histórias de amor não correspondido, de virtude, de sacrifício. *Os sofrimentos de Eliza ou Os prantos de uma esposa*, *O assassino da honra ou A louca do jardim*, *História do capitão do navio*, *Alonso e Marina ou A força do amor*, *O Mal em paga do Bem ou Rosa e Lino de Alencar*.

— Ciclo mágico e maravilhoso: são as chamadas histórias de Trancoso, ou da carochinha, que falam de príncipes, fadas, feitiços, dragões, reinos encantados. *O pavão misterioso*, *Juvenal e o dragão*, *História da Princesa da Pedra Fina*, *Josimar e os três objetos misteriosos*, *História do Príncipe do Barro Branco e a Princesa do Reino do Vai Não Torna*.

— Cangaceiros: Antonio Silvino, Lampião, Corisco e todo o vasto imaginário ligado ao cangaço são representados por inúmeros folhetos.

— Beatos: histórias de Padre Cícero, Frei Damião, Antônio Conselheiro.

— Noticiosos: estes funcionavam como verdadeiros jornais, numa época em que não havia as facilidades de comunicação que há hoje. Ainda assim, atualmente, mesmo que a população já saiba de algo que aconteceu, continua a comprar o folheto para conhecer a visão do poeta, que, em última análise, corresponde à sua própria. É o caso de *As enchentes no Brasil no ano setenta e quatro*, *A criação de Brasília*, *A morte do papa Pio Doze*.

— Histórias de valentias: *O sertanejo Antônio Cobra Choca, O valente Mão de Aço, O valente Sebastião.*

— Anti-heróis: são histórias que falam dos nossos anti-heróis nordestinos, que vencem mais pela esperteza do que pela força: João Grilo, Cancão de Fogo, Pedro Malasartes...

— Humorísticos e picarescos: *A dor de barriga de um noivo, O marido que trocou a mulher por uma TV a cores.*

— Exemplos morais: *A moça que bateu na mãe e virou cachorra, A mãe que xingou o filho no ventre e ele nasceu com chifre e rabo em São Paulo.*

— Pelejas: geralmente são relatos de cantorias entre repentistas que o autor do folheto deseja homenagear. Na maioria dos casos, a cantoria não aconteceu realmente, sendo criada pelo autor do folheto: *Peleja com João de Atahyde com Raimundo Pelado, Peleja de Manoel Patativa com Maria Roxinha, Peleja de João Ferreira de Lima com Lino Pedra Azul.*

— Folhetos de discussão: nesse gênero se coloca geralmente uma discussão entre dois pontos de vista diferentes: *A discussão de São Jorge com os americanos na lua, Discussão de Satanás com Roberto Carlos, O debate da velha que vendia tabaco com o matuto que vendia fumo, A discussão de um fiscal com uma fateira.*

— Educativos: geralmente encomendados por órgãos públicos, que se valem da força da literatura de cordel para transmitir conceitos e orientação, principalmente na área da saúde pública.

— Outros gêneros: folhetos de conselhos, folhetos de eras e profecias, folhetos de cachorrada e descaração, folhetos de política.

Quem são os seus principais autores?

Entre as centenas de poetas populares, alguns se destacaram por variados motivos.

O primeiro deles foi Severino Pirauá de Lima (1848-1913), que era cantador de viola, sendo responsável por inúmeras inovações na cantoria, como a introdução da sextilha. Foi ele quem teve pela primeira vez a ideia de rimar as histórias tradicionais como *História de Zezinho e Mariquinha* e *História do capitão do navio*, preparando assim o terreno para o seu seguidor, que foi o grande Leandro Gomes de Barros.

Leandro Gomes de Barros nasceu em Pombal, Paraíba, em 1865, morando muito tempo no Teixeira, região sertaneja, de onde se mudou para Vitória de Santo Antão e, posteriormente, para Recife. Foi ele quem teve a ideia de imprimir os folhetos, já que as gráficas imprimiam apenas jornais, passando parte do tempo ociosas. Então escrevia, imprimia e vendia, principalmente no Mercado de São José, em Recife; mas vendia também em bares, estações de trem ou na sua própria casa. Tanto criava histórias novas como "versava" histórias já conhecidas, fazia crítica social, sátiras... Tudo era assunto para o seu estro e diz-se que escreveu cerca de 600 folhetos. Morreu em 1918, mas pode-se dizer que "inventou" uma literatura.

Depois de Leandro, e como o negócio dos folhetos dava lucro certo, surgiram gráficas especializadas na sua produção, pertencendo as primeiras aos próprios poetas. Aparece então a figura de Francisco Chagas Batista (1882-1930), cantador da região do Teixeira. Em 1913 adquiriu o prelo que pertencia a Leandro e montou a Popular Editora. Em 1923 já dispunha de mais duas outras máquinas e imprimia, além de folhetos, outros tipos de materiais, como envelopes, faturas, cartões e livros.

Outros poetas e editores se destacaram, como João Martins de Athayde (1880-1959), que em 1921 comprou da viúva de Leandro Gomes de Barros os direitos autorais do poeta e durante trinta anos editou folhetos variados, seus e de outros autores. Modernizou a produção e em 1950 vendeu seus direitos a José Bernardo da Silva.

Atualmente, destacam-se — embora sem atingir o porte dos precursores — o poeta, xilogravurista e editor J. Borges, em Bezerros, Pernambuco; o artista e editor Dila, em Caruaru; o poeta J. Barros, em São Paulo; o poeta e xilogravurista Abraão Batista, em Juazeiro do Norte. Na Bahia, tivemos Rodolfo Coelho Cavalcanti e Manuel Camilo dos Santos; em Campina Grande, na Paraíba, Caetano Cosme da Silva; além de muitos outros, todos poetas inspirados, refletindo nas suas obras aquilo que temos de mais importante: a alma do povo nordestino.

BIBLIOGRAFIA RECOMENDADA

BATISTA, Sebastião Nunes. *Antologia da literatura de cordel*. Natal: Fundação José Augusto, 1977.

CASCUDO, Luís da Câmara. *Cinco livros do povo*. Rio de Janeiro: José Olympio Editores, 1953.

CASCUDO, Luís da Câmara. *Vaqueiros e cantadores*. Rio de Janeiro: Ediouro, 1968.

CASCUDO, Luís da Câmara. *Literatura oral no Brasil*. 2ª ed. Rio de Janeiro: José Olympio Editores, 1978.

CURRAN, Mark J. *A literatura de cordel*. Recife: UFPE, 1973.

FERREIRA, Jerusa Pires. *Cavalaria em cordel: o passo das águas mortas*. 2ª ed. São Paulo: Hucitec, 1993.

LONDRES, Maria José F. *Cordel: do encantamento às histórias de luta*. São Paulo: Duas Cidades, 1983.

MATOS, Edilene. *O imaginário na literatura de cordel*. Salvador: UFBA, 1986.

MEYER, Marlyse. *Autores de cordel: seleção de textos e estudo crítico*. São Paulo: Abril Educação, 1980, Coleção Literatura Comentada.

MEYER, Marlyse. *De Carlos Magno e outras histórias: cristãos e mouros no Brasil*. Natal: UFRN, 1995.

PEREGRINO, Humberto. *Literatura de cordel em discussão*. Rio de Janeiro: Presença, 1984.

PROENÇA, Ivan Cavalcanti. *A ideologia do cordel.* Rio de Janeiro: Imago/INL, 1976.

SOUSA, Liedo Maranhão de. *Classificação popular da literatura de cordel.* Petrópolis: Editora Vozes, 1976.

SOUSA, Liedo Maranhão de. *O folheto popular: sua capa e seus ilustradores.* Recife: Fundação Joaquim Nabuco, 1981.

ZUMTHOR, Paul. *A letra e a voz.* São Paulo: Companhia das Letras, 1993.

O QUE É XILOGRAVURA?

A XILOGRAVURA

Quando falamos em xilogravura — ou gravura em madeira — nos referimos a um trabalho de artes plásticas, no qual o desenho não é feito diretamente sobre o papel, mas sim gravado em uma prancha, denominada "matriz".

Com facas, goivas e formões, o artista grava sua imagem rebaixando as áreas que devem permanecer brancas e deixando em relevo apenas aquelas que devem receber a tinta. Uma vez terminado o trabalho de gravação, a tinta é aplicada com um rolinho de borracha e adere somente às partes elevadas da matriz, daí por que a gravura em madeira é também chamada de "gravura em relevo".

Após a entintagem, inicia-se o processo de impressão, que pode ser manual (a pressão de uma colher de pau sobre as costas do papel é, na maioria das vezes, suficiente para realizar uma boa impressão) ou mecânico, tal como ocorre nas gráficas de cordel. Dependendo da qualidade e durabilidade de uma matriz, até centenas de cópias da mesma imagem podem ser impressas.

Um pouco de história

A xilogravura se desenvolveu de maneira independente no Oriente e no Ocidente. Neste último, ela surgiu por volta do século XIV, prestando-se de início à reprodução de imagens de santos, cartas de baralho etc. Com o advento da tipografia e da imprensa, a xilogravura conheceu uma expansão extraordinária, tornando-se o principal meio para reproduzir e difundir imagens na Europa no fim da Idade Média e início do Renascimento. Nos séculos seguintes, entretanto, ela seria progressivamente deslocada para segundo plano pela gravura em metal e a litografia, que permitem um tratamento mais delicado de linhas e tons.

Com o surgimento da indústria gráfica moderna, a xilogravura perdeu ainda mais seu lugar enquanto meio de reprodução de imagens. Por outro lado, artistas como o francês Paul Gauguin (1848-1903) e o norueguês Edvard Munch (1863-1944) a resgataram como meio autêntico de expressão artística, criando obras de grande força e que, de certo modo, estão na origem de um movimento artístico importante como o Expressionismo.

No Nordeste brasileiro, a xilogravura veio a desempenhar, em pleno século XX, funções muito semelhantes àquelas que havia desempenhado na Europa medieval. Acessível e barata, sendo realizada em pequenas gráficas, muitas vezes instaladas na própria casa do cordelista, a xilogravura deu vazão ao rico imaginário popular que, com suas figuras fantásticas, prosaicas, trágicas ou cômicas, incorporou-se definitivamente ao repertório da cultura brasileira.

SOBRE OS ILUSTRADORES

Fabrício Lopez, nascido em Santos, SP, em 1977, trabalha e vive como pintor em São Paulo, e é membro fundador da Associação Cultural Jatobá (AJA) e do Ateliê Espaço Coringa. Tem participado de diversas mostras coletivas e realizou exposições individuais no museu Rodolphe Duguay de Quebec, no Canadá, e no Centro Cultural São Paulo, em São Paulo. Com experiência em trabalhos de grande formato, desenvolve uma pesquisa pictórica através da xilogravura.

Flávio Castellan, nascido em São Paulo em 1978, é artista plástico formado pela USP, e desenvolve seu trabalho em gravura à sete anos. Teve sua iniciação com Marco Buti, e aprofundou a relação com a xilogravura através da convivência no Ateliê Espaço Coringa. Realizou exposição individual no Ateliê Piratininga e participou de diversas exposições coletivas em Santos, São Paulo e João Pessoa.

O Espaço Coringa é um grupo de artistas que investiga a intersecção entre arte e comunicação na sociedade, elaborando publicações, exposições, trabalhos de arte e ações para espaços públicos. Coletivamente, realiza projetos que aliam criação artística em diversos meios a atividades educativas. O grupo mantém um ateliê em São Paulo, onde desenvolve cursos, oficinas e um programa de ateliê-residência.

Site: www.espacocoringa.com.br

SOBRE A AUTORA

Clotilde Tavares é paraibana de Campina Grande, e mora em Natal desde 1970.

Graduou-se em Medicina pela Universidade Federal do Rio Grande do Norte em 1975, e em 1983 obteve o título de Mestre em Nutrição em Saúde Pública pela Universidade Federal de Pernambuco.

Professora da UFRN desde 1976, dedicou-se inicialmente à pesquisa no campo da Saúde Pública. O teatro, a literatura e os estudos sobre cultura popular também ocuparam lugar de destaque na sua vida, como atividade paralela.

A partir de 1993, obedecendo a uma irresistível determinação vocacional, passou a se dedicar exclusivamente às atividades artísticas e intelectuais. Na UFRN, passou a ministrar então a disciplina de Folclore Brasileiro e várias disciplinas ligadas ao teatro no Departamento de Artes da UFRN.

Escreve em jornais, é atriz de teatro e dramaturga, mantém *sites* e boletins na Internet, desenvolve estudos na área da cultura popular e é autora de livros, peças de teatro e folhetos de cordel.

A botija ganhou o Prêmio Câmara Cascudo da Prefeitura Municipal de Natal em 2000, concedido à melhor obra em prosa, neste concurso que se realiza há quase trinta anos.

E-mail: clonews@digi.com.br

ESTE LIVRO FOI COMPOSTO EM LUCIDA SANS
PELA BRACHER & MALTA, COM CTP E
IMPRESSÃO DA BARTIRA GRÁFICA E EDITORA
EM PAPEL ALTA ALVURA 75 G/M^2 DA CIA.
SUZANO DE PAPEL E CELULOSE PARA A
EDITORA 34, EM NOVEMBRO DE 2014.